16,40

novum  pro

Felix Ganten

Amelie

Eine Liebesgeschichte

novum pro

Dieses Buch ist auch als
e-book
erhältlich.

Bibliografische Information
der Deutschen Nationalbibliothek:

Die Deutsche Nationalbibliothek
verzeichnet diese Publikation in der
Deutschen Nationalbibliografie.
Detaillierte bibliografische Daten
sind im Internet über
http://www.d-nb.de abrufbar.

© 2025 novum publishing gmbh
Rathausgasse 73, A-7311 Neckenmarkt
office@novumverlag.com

ISBN 978-3-7116-0622-8
Lektorat: Falk-M. Elbers
Umschlagfoto:
Freesurf69 I Dreamstime.com
Umschlaggestaltung, Layout & Satz:
novum Verlag

www.novumverlag.com

Druckprodukt mit finanziellem
Klimabeitrag
ClimatePartner.com/16547-2311-1001

Für Amelie

„*Non exiguum temporis habemus,*
sed multum perdidimus."

Es ist nicht wenig Zeit, die wir haben,
sondern es ist viel Zeit, die wir nicht nutzen.

(Seneca)

Eins

Meine liebe Amelie, was wäre wohl aus mir geworden, hätte ich nicht Medizin studiert, sondern z. B. alte Sprachen in Cambridge – das frage ich mich manchmal.

Wäre ich dann jetzt ein alternder Oberassistent am Lehrstuhl einer mittelmäßigen Fakultät mit halber Stelle und müsste mich nebenbei als Nachhilfelehrer verdingen? Oder würde ich mich vielleicht mit dem Lektorieren mittelmäßiger Texte über Wasser halten?

Oder wäre ich doch – eher unwahrscheinlich, aber nicht unmöglich – Institutsdirektor an einer deutschen Universität, z. B. in Tübingen, geworden (die Stadt sei einigermaßen zu ertragen, höre ich) inkl. Kehrwoche (das wäre allerdings die absolute Vorhölle)? Mit nacktem W3-Gehalt ohne Nebeneinnahmen hätte ich die guten Wohnlagen den Ärzten überlassen und selbst in den Speckgürtel ziehen müssen ... und hätte ich mir das dann – leider nur mit mittelmäßigem Wein – alles schöngetrunken? Hätten wir uns dann kennengelernt? Eher unwahrscheinlich, sogar sehr unwahrscheinlich, liebe Amelie, aber nicht ganz ausgeschlossen, denn durch meine zunehmende Frustration innerhalb der Fakultät, die miesen Intrigen gescheiterter Existenzen kombiniert mit der ziemlichen geographischen Einöde wäre ich aufgrund einer einsetzenden Erschöpfung bei meinem Rotary-Kollegen Professor Thomas „Tom" Freigang gelandet, dem Chef der Psychiatrie am Universitätsklinikum, der – und jetzt kommst DU ins Spiel, meine liebe Amelie – Dich, ja genau DICH – wir sind übrigens im Jahr 2029 – ein Jahr zuvor als Oberärztin eingestellt hat.

Wie kommt es dazu?

Zwei

Du hast Deine Facharztausbildung zur Ärztin für Psychiatrie und Psychotherapie am Bundeswehrkrankenhaus in Hamburg komplettiert, bist im Anschluss zurück nach Berlin gezogen und wieder in der Scharnhorststraße tätig.

Ein Grund für die Rückkehr nach Berlin war neben der Attraktivität der Stelle inklusive der Aussicht, mit Deinem ehemaligen Chef zusammenarbeiten zu können, auch die Tatsache, dass Du mit Ludwig, Deiner großen Liebe, zusammenleben konntest. Du hast Ludwig zusammen mit einem Bekannten aus München, der Dich – Du warst noch nicht lange in Hamburg – für ein Wochenende besucht hat, in Winterhude in einer Weinbar kennengelernt. Ludwig lebte zu der Zeit ebenfalls in Hamburg, er war Jurist und für eine große europäische Kanzlei im Transaktionsgeschäft tätig. Ihr kamt schnell zusammen, wart unzertrennlich, wahrlich ein Herz und eine Seele, und als sich für Ludwig eine attraktive berufliche Möglichkeit in Berlin bot, hielt auch Dich nichts mehr in Hamburg, und so zogst Du mit ihm nach Berlin.

An einem Junimorgen – es ist all Deinen Freunden rätselhaft, Du hast nie darüber gesprochen (Vielleicht mit Nina? Ganz sicher mit ihr.) – hast Du Dich dann Knall auf Fall von Ludwig getrennt. Es muss offensichtlich etwas völlig Inakzeptables passiert sein, so dass Du die Beziehung nicht fortführen konntest. Du hast dann zügig mit Jörn (Oberstarzt Prof. Petersen hat Dir mittlerweile das

Du angeboten) vereinbart, dass Du eine Auszeit nimmst. Sechs Wochen warst Du bei einer ehemaligen Schulfreundin auf Mallorca, dort haben ihre Eltern ein Haus, im Westen der Insel. Deine Freundin hat Dich spontan eingeladen, dort den Sommer mit ihr zu verbringen. Das tat Dir gut. Neue Eindrücke gewinnen, die Sinne schärfen. Sachen sehen, die man sonst nicht sieht. Deinem Tagebuch hast Du anvertraut: „Ab Mitte August treibt die Meereszwiebel ihre Kerzen. Die im Sommer kahlen Wolfmilchsstauden bekommen langsam ihre Blattkränze. An den kargen Hängen blüht die Erika. Später blühen versteckt die Veilchen. Die Bignonienbüsche an den Gartenmauern und aufwärtsteigend in den Zypressenkronen sind mit feuerroten Rachenblüten bestückt. Noch vor der Ernte der Schoten wachsen unscheinbar die Blütenrispen der Johannisbrotbäume. Später öffnen sich langsam im dunklen Laub die Blütendolden der Mispelbäume. Dann treiben die nassen Terrassenböden Gras, Klee und reichlich Krummstab. Dazwischen Margeriten."

Du warst erstaunt über Dich selbst, meine liebe Amelie, dass Du so – ja fast – poetisch schreiben konntest.

Nach Deiner Rückkehr nach Berlin war Dir klar, was Du anstreben würdest. Du hattest der Bundeswehr viel zu verdanken, das wusstest Du, Du hast aber auch immer großen Einsatz gezeigt. Was die Bundeswehr Dir aber nicht bieten konnte, war eine verlässliche Aussicht auf die Venia legendi, und in den Bergen von Valldemossa ist Dir klar geworden, dass es das war, was Du angehen wolltest. Du hast mittlerweile vier Arbeiten als Erstautorin in wissenschaftlich renommierten Zeitschriften veröffentlicht, bist Studienleiterin mehrerer Multizenterstudien gewesen (Psychotrauma), hast Ergebnisse auf verschiedenen nationalen und internationalen Kongressen präsentiert ...

Und auf einem dieser Kongresse hast Du dann Herrn Prof. Freigang kennengelernt; er hatte den Vorsitz in einer der wissenschaftlichen Veranstaltungen, auf denen Du präsentiert hast. Beim Referentenessen saßt Du neben ihm und ihr kamt ins Gespräch. Als ehemaliger Wehrdienstleistender ist Tom – er hat Dir sofort das Du angeboten – bei den Panzergrenadieren gewesen, er war der Bundeswehr gegenüber weiterhin sehr positiv eingestellt und hing an Deinen Lippen, er gab im Laufe des Abends – der Wein floss – ein paar derbe Bundeswehrsprüche zum Besten, es war aber insgesamt ein sehr amüsanter Abend, der damit endete, dass er Dir anbot, sich bei ihm zu melden, solltest Du zukünftig eine zivile Karriere anstreben.

Du hast Tom dann in der Tat angerufen, euer Kennenlernen war damals etwas mehr als ein Jahr her. Du hattest gewisse Zweifel, ob er sich an Dich erinnern würde ... wie ein kleines Kind hat er sich gefreut, als Du ihn angerufen hast. Du hast ihm Deine beruflichen Ideen erläutert und ihr habt vereinbart, euch zügig in Berlin zu treffen, was ihr dann auch gemacht habt, weil Tom wegen eines Studientreffens einer Pharmafirma in der Stadt war.

Dann ging alles zügig. Wohnung in Tübingen (nicht Speckgürtel) gemietet, Wohnung in der Augustenstraße in Berlin gekündigt. Ja, in der Augustenstraße: Nach dem Desaster mit Ludwig – ihr habt in Charlottenburg gewohnt – bist Du in den Osten gezogen. Übrigens: In der Übergangszeit nach der Trennung bis zum Einzug konntest Du bei einem Kameraden in Steglitz unterkommen.

Jörn war traurig, als Du ihm eröffnet hast, die Bundeswehr zu verlassen; er war aber insgeheim als Dein Mentor auch ein bisschen stolz, dass Du Deine Karriere an einem Universitätsklinikum fortführen würdest.

Und so hast Du im Oktober 2028 – kurz vor Deinem 34. Geburtstag im November – Deine Tätigkeit als Oberärztin an der Klinik für Psychiatrie und Psychotherapie angetreten.

Zu Deinen Aufgaben gehören neben der Co-Leitung der Sektion Psychotrauma auch allgemeine Tätigkeiten als Oberärztin der Klinik. Du fühlst Dich wohl im neuen Team und auch in der neuen – im Vergleich zu München, Hamburg und Berlin, Deinen drei Städten – ganz anderen Umgebung. Die Wochenenden verbringst Du gerne in Bayern, Deiner Heimat, dort ist Deine Familie zu Hause und dort hat Deine Schwester Tilda Dich im letzten Jahr zur stolzen Tante Amelie gemacht, die süße Josephine ist jetzt acht Monate alt.

In Tübingen hast Du Dich ein paarmal locker mit Prof. Karl Baumann, Oberarzt in der Radiologie, Reserveoffizier bei den Panzeraufklärern (wer steht nicht auf schwarze Litzen?), auf ein Weinchen getroffen. Da könnte sich etwas entwickeln, denkst Du Dir, warten wir's ab.

Du bist insgesamt sehr zufrieden mit Deinem neuen Leben, vor allem hast Du eine Aufgabe, die Dir Spaß macht und Dich ausfüllt.

In der Leitungsbesprechung der Klinik, an der Du bereits teilnehmen darfst, wird u. a. über „private Neuaufnahmen" berichtet.

Und an einem Montag, es ist Anfang Februar 2029, sagt Tom, dass Du Dir mal einen Altphilologen, einen Herrn Prof. Dr. phil. Felix Ganten, anschauen sollst. Er sei Leutnant der Reserve, da hattet ihr doch ein gemeinsames Thema.

Während Du also den Stationsflur entlanggehst in Richtung Zimmer 1109, bist Du in Gedanken, wann Du zum letzten Mal näher mit einem Leutnant zu tun hattest … Du warst damals selbst Leutnant, mitten im Studium … was wohl aus Max geworden war? Es hielt nur einen Sommer, er war ein guter Liebhaber, leider ziemlich unstet. Ihr habt euch zu Recht aus den Augen verloren …

Als Du nach dem Klopfen an der Tür ein vermeintliches „Ja" vernimmst, betrittst Du das Zimmer. „Lieber Herr Ganten, mein Name ist Amelie Daubner. Ich bin Oberärztin bei Herrn Prof. Freigang, der Sie betreut."

„Liebe Frau Daubner, setzen Sie sich gerne. Ich freue mich, Sie kennenzulernen."

„Lieber Herr Ganten, wir haben etwas gemeinsam."

„Jetzt bin ich aber gespannt. Dann schießen Sie mal los. Lieben auch Sie das Pantheon und Chateau Margaux so sehr wie ich?"

Du hast Karl nicht mehr getroffen.

Drei

Tom, Dein Chef, ist einfach nur froh, Dich in seinen Reihen zu haben. Es fällt allerdings mittlerweile auch den Kollegen auf, dass er Dich vielleicht ein bisschen mehr fördert als andere. Aber das ist ja nun wirklich nicht Deine Schuld. Mit Jörn, Deinem ehemaligen Chef aus Berlin, hältst Du weiterhin Kontakt, ihr habt vereinbart, euch jetzt endlich mal wieder zu treffen. Du hast versprochen, im Vorfeld eines nächsten Berlinaufenthalts Bescheid zu geben, also mach' das bitte auch. Er freut sich doch so sehr. Gründe, nach Berlin zu fahren, gibt es einige für Dich. Wie kann es überhaupt sein, dass Du Nina so lange nicht gesehen hast? Sie ist – nachdem sie vor Jahren nach München zurückgekehrt ist – wieder in Berlin. Ihr Bruder hat vor zwei Jahren sein Start-up erfolgreich verkauft, was auch ihr eine gewisse wirtschaftliche Unabhängigkeit verschafft hat. Und Du möchtest dringend ihren neuen Partner in Augenschein nehmen. Er ist der eigentliche Grund, warum sie jetzt wieder in Berlin ist. Auch Roland, Ninas bester Freund, freut sich, dass Nina zurück in der Hauptstadt ist.

Apropos Freund: Du hast dann doch mal Deinen Leutnant Max in die Suchmaschine eingegeben: Unfallchirurg ist er geworden, mittlerweile auch aus der Bundeswehr ausgeschieden, im Klinikum Fulda tätig. Fulda? Was für ein Trauerspiel. Geschieht ihm recht. Wahrscheinlich hat er eine Krankenschwester geschwängert und macht jetzt wohl oder übel auf Familie.

Dir, liebe Amelie, geht es in Tübingen sehr gut. Es liegt auch daran, dass Du eine wunderbare Verbindung zu mir aufgebaut hast. Du sagst, ich sei so anders, ich sei eloquent, belesen, könne zuhören, allerdings sei ich nicht immer ganz einfach. Aber wer ist das schon?! Und ich bin 59 Jahre alt und Du 35. Aber das möchtest Du jetzt nicht hören.

Ich habe mir vorgenommen, in diesem Jahr das lange geplante Buchprojekt anzugehen: DAS Standardwerk über Seneca zu schreiben, meinen antiken Lieblingsphilosophen. Die Fakultät hat meinem Wunsch nach einem Sabbatical zugestimmt ... und vor ein paar Wochen habe ich Dich eingeladen, den kommenden Sommer mit mir in der Toskana zu verbringen, je nachdem, wie Du Urlaub bekommen kannst. Tagsüber schreiben wir, ich an meinem Buch, Du an Deiner Habilitationsschrift (Tom hat eine Forschungsrotation für Dich durchgeboxt, wir könnten ihn beide knutschen), abends kochen wir dann gemeinsam und sinnieren übers Leben.

Vier

Florian betrachtet Dich, liebe Amelie, schon eine ganze Weile. Du, die Sonnenbrille im Haar, vertieft in ein – er kann es nicht richtig erkennen, da er in die Sonne schaut, aber die Farbe des Buches ist ihm wohlvertraut – vertieft in ein Reclam-Heft. Wie Du da so sitzt, im Frieden mit Dir, alles um Dich herum vergessend, die Beine übereinandergeschlagen, schmunzelnd, am Cappuccino nippend.

Du hast schräg gegenüber von Florian in dem Straßencafé in der Theresienstraße an einem der kleinen Holztische, die schon bessere Zeiten gesehen haben, Platz genommen. Florian hat Dich bereits auf der anderen Straßenseite erspäht und gehofft, dass Du das „Milchmädchen" ansteuern würdest. Warum das Café so heißt, bleibt das Geheimnis von Luisa, der Besitzerin, die Dir mittlerweile eine gute Bekannte geworden ist, seitdem Du Berlin im letzten Jahr beruflich den Rücken gekehrt hast und wieder zurück nach München gezogen bist.

Würde man Luisa, die Impulsive, die Lebensfrohe, fragen, sie würde Dich eine gute Freundin nennen. Du, liebe Amelie, gehst weiterhin sehr sparsam mit dem Wort Freundin um, das weiß ich ja mittlerweile.

Im Laufe des letzten Jahres habt ihr euch aber auch zu privaten Themen ausgetauscht, Luisa trägt das Herz auf der Zunge. Luca, ihr Freund seit vielen Jahren, fragt sie doch partout nicht, ob sie seine Frau werden möchte. Er macht „irgendetwas richtig Nachhaltiges" bei einer NGO, mehr hat Luisa nicht erzählt, und mehr möchtest Du auch nicht wissen ... langsam verliert Luisa wohl die Geduld mit ihrem Luca, denkst Du so, aber richtig böse kann sie ihm nicht sein. Du hast Luca zwei- oder dreimal im Café gesehen, als er Kisten geschleppt oder sich sonst irgendwie nützlich gemacht hat. Ein süßer Kerl, dunkelbraune, wuschelige Haare, fast schwarze Augen, gut gebräunt, dazu die weißen Zähne ... Luca erinnert Dich an Andrea, Deinen Sommerflirt vom Gardasee, dort hast Du die Sommerferien mit Deinen Eltern und Deiner Schwester verbracht, als Du sechzehn warst. Ein unschuldiger Sommerflirt, Dein erster richtiger Kuss mit Andrea (es folgten viele weitere Küsse in den darauffolgenden Tagen). Ein wunderbarer Sommer. Andrea war der Sohn eines Geschäftsmanns aus Rom mit Sommerresidenz in Gargnano, in der Nähe der Villa Feltrinelli, dort hat euch Dein Vater fürstlich untergebracht.

„Bist Du Referendarin?" ... „Entschuldige, bist Du Referendarin?" Immer noch vertieft in das geheimnisvolle Reclam-Heft hast Du Dich ziemlich erschreckt, hast dann aufgeschaut, und vor Dir steht ein sympathischer junger Mann, ca. 1.85 m groß, nicht sehr athletisch, aber schlank, beige Chinos, hellblaues Oberhemd mit aufgekrempelten Ärmeln, die nackten Beine stecken in dunkelbraunen Bootsschuhen, Siegelring, ein stattlicher, aber nicht übertriebener Chronograph am rechten Handgelenk.

„Wie bitte? ..."

„Na ja, als ich das letzte Mal jemanden mit Reclam-Heft gesehen habe, war es mein Deutschlehrer in der Schule."

Zwei kurzweilige Stunden später weißt Du, dass Florian in Bonn sein Abitur gemacht (sein Vater, jetzt pensioniert, war im Gesundheitsministerium als Abteilungsleiter tätig), dann an der Bucerius Law School in Hamburg Jura studiert und im Anschluss einen LL.M. in La Salle absolviert hat. Jetzt ist er als Senior Associate bei einer großen amerikanischen Kanzlei im Münchener Büro tätig. Ihr habt Telefonnummern ausgetauscht und euch fest vorgenommen, bald mal wieder einen Kaffee trinken zu gehen. Eine unverhoffte, sehr nette Bekanntschaft.

Florian und Du, ihr trefft euch regelmäßig, um etwas trinken zu gehen, Du bist gerne seine Begleitung bei dienstlichen Anlässen. Dass Florian, der heimlich in Dich verliebt ist und daher Ambitionen hat, den Status „guter Freund" zu überwinden, neun Monate später unfreiwillig der Kuppler für Ludwig und Dich werden würde, davon haben weder Du noch er an diesem wunderbaren Samstagmittag im August 2024 im „Milchmädchen" die leiseste Ahnung.

Fünf

„Ob der Kerl, mit dem sie hier sitzt, wohl ihr Freund ist? Die beiden wirken so vertraut. Vielleicht doch nur ein Freund? Hoffentlich nur ein Freund. Kein Ehering, gar kein Ring. Gut. Sie sitzen nah beieinander, haben aber keinen Körperkontakt. Gut … Er bringt sie zum Lachen. Nicht gut. … Wie sie mit ihrer Hand durch ihre Haare fährt … jetzt lacht der Kerl … gar nicht gut."

Ludwig wird etwas unruhig, er wird aber seine Chance bekommen.

Seit Du im Spätherbst letzten Jahres nach Hamburg gezogen bist, hast Du Florian, Deine Münchener Milchmädchen-Bekanntschaft, nicht mehr gesehen. Du bist über Weihnachten zwar in Bayern gewesen, um ein paar Tage mit Deiner Familie zu verbringen. Du hast Dich natürlich auch mit Nina getroffen, die aus Berlin angereist ist. Dagegen hast Du keine gesteigerte Lust, Dich auch mit Florian zu verabreden, der spürbar darunter leidet, dass Du nicht mehr in München lebst. Weihnachten ist Familienzeit. Bei Nina ist das etwas anderes. Sie gehört zur Familie. Natürlich trefft ihr beide euch über Weihnachten. In einem Telefonat im November hat Florian ein Treffen in der Weihnachtszeit vorgeschlagen. „Ich komme auch gerne nach Hamburg", flötete er.

Schlussendlich ist er gar nicht in München gewesen, sondern hat seine Eltern in Bonn besucht. Seiner Mutter geht es offenbar nicht gut. Das Thema „Florian" ist also erstmal vertagt.

Ein Glücksfall, dass Du über einen privaten Kontakt (ja, Florian hat sich gekümmert, Du musst ihm auch noch dankbar sein, Mist ... er hatte seine Hamburger Kontakte aus Studienzeiten aktiviert) diese schöne Altbauwohnung in der Erikastraße in Eppendorf gefunden hast. Ein typisches Hamburger Gründerzeithaus aus dem 19. Jahrhundert. Prächtige Fassade, hohe Decken und – wichtig – modernes Bad. Kleiner Balkon.

In diesen sehr gefragten Wohnungen aus der Gründerzeit wird das Wohn- zum Esszimmer, die Übergänge sind fließend.
    Dann der dunkle Pitchpine-Boden, die weißen Wände ... Du hast Dich sofort in die Wohnung verguckt, und Florian hat es irgendwie geschafft, dass Du den Zuschlag bekommen hast. Moment mal. Warum eigentlich Florian? Du warst es, die den Vermieter persönlich überzeugt, Du warst es, die ihn mit dem Wort „Bundeswehr" um den Finger gewickelt hat. Der Eigentümer, Herr Mengers, Anfang 70, hat eine Karriere im Finanzbereich gemacht und verwaltet – eigentlich ungewöhnlich – sein Mietshaus selbst („Ich möchte wissen, wer in meinem Haus wohnt."), wohnt aber (zum Glück) nicht mit im Haus, sondern in Harvestehude. Dort residiert er unweit des Anglo-German Clubs in einer fast zu weißen Villa. Dort, bei ihm zu Hause, hast Du dann den Mietvertrag unter-

schrieben. „Kommen Sie zu mir, wir trinken eine Tasse Tee, und dann unterschreiben Sie den Vertrag."

Seine Frau ist vor fünf Jahren an Brustkrebs verstorben, Clementine, seine Tochter, ist „nach Gütersloh verheiratet" („Wo die Liebe hinfällt, liebe Frau Daubner, nicht wahr?"). Im Laufe der Zeit ist Herr Mengers dann zur Anrede Amelie und Sie übergegangen. Sein Sohn Lennart macht nach einem Studium in London gerade ein Praktikum bei einer Bank in Manhattan. Auch ihn wirst Du später kennenlernen, mit seinem Freund Manuel. Lennart wird seinem Vater keine Enkel bescheren, das war eine Blickdiagnose. Du bist Dir allerdings zu dem Zeitpunkt nicht sicher, ob das auch Lennarts Vater klar ist. Die Hoffnungen ruhen auf Clementine.

Der liebenswerte Herr Mengers sollte Dir ein verlässlicher väterlicher Freund werden. Er ist einer der Ersten, den Du Jahre später nach Rückkehr aus der Toskana anrufen hast (Du hast die ersten zwölf Wochen abgewartet, da kann ja so viel passieren), damit er sich mit Dir freuen kann. Und wie er sich freut. Ihr habt weiterhin eine ganz besondere Verbindung. Clementine hat Heinrich – Du darfst seit einiger Zeit Heinrich sagen – übrigens auch im Laufe der Zeit zum stolzen Opa gemacht. Einen Geburtsort Gütersloh wollte Clementine ihrer Sophie aber nicht zumuten (ihr Mann ist Bereichsvorstand bei Bertelsmann), sie kam daher im Albertinenhaus in Hamburg zur Welt.

Herr Mengers, der nach dem Tod seiner geliebten Betty allein durchs Leben schreitet, hat auch Deine Mutter kennengelernt, als er euch beide – Deine Mutter war für ein

Wochenende in Hamburg, um Ludwig in Augenschein zu nehmen (sie war begeistert) – zu einem Mittagessen in „sein Wohnzimmer gegenüber", so drückte Herr Mengers sich aus, einlud. Du hattest den Eindruck, dass Christine und Heinrich (sie waren nach der Suppe beim Vornamen, aber beim Sie) den Mittag sehr genossen haben.

Den Anglo-German Club wirst Du in Deiner Hamburger Zeit noch besser kennenlernen, da Ludwig, DEIN Ludwig (dieses hinterhältige Arschloch) dort vor zwei Jahren als Juniormitglied aufgenommen worden ist.

Jetzt hast Du aber ein Problem, meine liebe Amelie, an diesem Samstagmorgen im Mai. Du bist von Deiner großen Alsterrunde zurückgekehrt, ein lieb gewonnenes Ritual („Warum bin ich eigentlich die Einzige, die beim Joggen schwitzt? Die anderen sehen alle so unglaublich gut aus."), und hast Dir auf dem Weg zurück in die Erikastraße einen Galão und zwei Pastéis de Nata gegönnt. Jetzt lässt Du das heiße Wasser von oben auf Dich niederprasseln. Gründerzeitwohnung mit Dschungeldusche. Ich liebe Herrn Mengers, denkst Du.

Seit fast sechs Monaten bist Du nun in Hamburg und fühlst Dich einfach wohl, bist im Gleichgewicht mit Dir. Gute Arbeitsatmosphäre, verlässliche Kollegen, interessante Fälle in der Klinik … und das alles in der schönsten Stadt Deutschlands, zumindest wenn es nach Florian geht.

Und Du, die seit dem Sommerflirt mit Andrea vom Gardasee (niemand mehr hatte solch dunkelbraune Augen) eigentlich immer mit jemandem zusammen war (vor dem

Zweiten Staatsexamen hast Du mal eine Pause eingelegt, die gut für Deine Noten war) … Du, liebe Amelie, Du bist fast ein bisschen stolz auf Dich, dass diese Dusche, unter der Du gerade erschöpft, aber glücklich stehst, bisher kein anderer Kerl betreten hat, zumindest nicht mit Dir zusammen (Platz wäre genug. Danke, Herr Mengers!). Du hattest Anfang des Jahres zwei Kameraden, die Freunde geworden sind, zu Besuch, es sind Deine Lieblingskollegen aus München, klar haben die beiden bei Dir übernachtet. Kameraden eben.

Dein Leben ist einfach wunderbar, auch ohne Mann.

Für heute Nachmittag hat sich allerdings Florian angesagt, er wird gleich in München ins Flugzeug steigen. Du hast nachgegeben, er möchte Dich unbedingt besuchen kommen, ihr habt euch schließlich ein halbes Jahr nicht gesehen. Einen ersten Anlauf hat er im März gestartet, Du konntest mit „Fortbildung" dagegenhalten (Das war die halbe Wahrheit. Du hattest einfach keine Lust.), jetzt ist aber dieses Maiwochenende ausgeguckt. Da kommst Du nicht mehr raus.

Es wäre alles kein Problem, ihr seid ja einfach nur Freunde, zumindest wenn es nach Dir geht. Und dann habt ihr, nach einem Abend in der Goldbar in München nach zu vielen Espressi Martini völlig unnötigerweise doch herumgeknutscht, ihr seid in seiner Wohnung am Gärtnerplatz gelandet … Du hast im letzten, wirklich letzten Moment noch die Kurve bekommen, eine Meisterleistung (braves Mädchen). Aber trotzdem: so eine Riesenscheiße.

Du hast im Vorfeld seines Hamburg-Besuchs klarge-
macht, dass ihr definitiv nicht da weitermachen werdet,
wo ihr in dieser verkorksten Samstagnacht in München
aufgehört habt ... Florian hat zugestimmt ... und jetzt
ist er gleich da ...

Es ist Ludwigs Chance. Du bist zur Toilette entschwunden,
das war eher taktischer Natur, Du hast Nina versprochen,
sie auf dem Laufenden zu halten bzgl. Florian. Florian,
das muss man ihm lassen, ist an dem Abend charmant,
macht keine Avancen, es läuft alles prima.

Du erschreckst Dich ziemlich, als er plötzlich vor Dir
steht, er muss Dir offenbar zum Waschraum gefolgt
sein. Er ist größer, als Du ihn geschätzt hast. Natürlich
ist er Dir am Tisch gegenüber aufgefallen (auch wenn
Du nicht auf der Suche nach einem Freund bist ... man
schaut sich doch in der Gegend um), wo er – wie sich
später herausstellt – zusammen mit seinem besten
Freund Julius sitzt.

Ludwig sagt nur EINEN Satz: „Komm' mit mir ein Wochenende nach Lissabon."

Auf die Rückseite einer Rechnung von der Papeterie Koch
aus Eppendorf hat er seinen Namen (LUDWIG, wie schön)
sowie seine Festnetznummer geschrieben.

Du bist schockverliebt. Ludwig im Ivy-League-Stil mit
FESTNETZnummer. Wie oldschool ist das denn? Und
schon ist er wieder weg. Zurück an seinem Platz.

Als Du abends mit Florian im Bett liegst (Du bist das Wagnis eingegangen, im gleichen Bett zu schlafen, Mensch, wir sind doch alle erwachsen, wolltest kein Matratzenlager aufschlagen und im Übrigen hat Florian sich einwandfrei benommen), ist Dein letzter Gedanke, bevor der Schlaf über Dich kommt: Nach Lissabon möchte ich eh mal wieder. Und wer Schreibgeräte bei der Papeterie Koch kauft, Ludwig heißt und vor allem noch ein Festnetztelefon hat, mit dem fliege ich nach Lissabon.

Festnetztelefon ...

Sechs

Universitätsklinikum Tübingen, Klinik für Psychiatrie,
Zimmer 1109, Februar 2029

Die Zeit scheint stillzustehen, als wir beide Hand in Hand durch das majestätische Pantheon schreiten. Das warme Licht, das durch das Oculus in der Kuppel strömt, taucht den Raum in ein zauberhaftes Glühen. Die antiken Marmorstatuen, still und majestätisch, umgeben uns wie stille Zeugen vergangener Epochen. Wie kann eine Frau so unglaublich hübsch sein wie Du, meine liebe Amelie? Ich bin so glücklich. Das leise Murmeln der Besucher verliert sich in der immensen Weite des Raumes, während unsere Blicke sich verlieren in der Schönheit der Architektur. Es ist, als ob die Geschichte selbst in den Wänden dieses ehrwürdigen Ortes eingefangen ist, während unsere Liebe in diesem Moment über alle Jahrhunderte hinwegstrahlt.

Ich liege vollständig angezogen auf dem Bett, als ich aus meinem Tagtraum erwache. Ich habe mich nur kurz hinlegen wollen, nachdem Du, liebe Amelie (damals natürlich noch Frau Daubner), den Raum verlassen hast. Wie spät ist es? Draußen setzt bereits die Dunkelheit ein. Bist Du nicht kurz vor Mittag in mein Zimmer gekommen? Wie lange haben wir gesprochen? Habe ich das Mittagessen verpasst? Und wie lange habe ich eigentlich geschlafen? Ich muss erstmal zu mir kommen.

Ich habe immer noch dieses unsägliche 24-Stunden-Blut-druckmessgerät am Arm, wozu ist das nun wieder gut?

Ich versuche, mir unser Gespräch ins Gedächtnis zu rufen.

„Lieben auch Sie das Pantheon und Chateau Margaux so sehr wie ich?" Das habe ich Dich, die junge Oberärztin, gefragt.

Du hast nach kurzer Bedenkzeit keck erwidert: „JA und JA, wenn Zweiteres kein Schloss ist, das ich besichtigen muss."

Das ist mal eine Antwort. Frau Daubner ist anders, Du bist anders, meine liebe Amelie. Erfrischend anders. Ich wusste es nach Deinem ersten Satz.

Ich bin in letzter Zeit schnell gelangweilt von Studenten und auch Kollegen, immer die gleiche Leier, keiner lockt mich aus der Reserve, Mittelmaß, wo man nur hinschaut, und das an einer so renommierten Fakultät wie der hiesigen hier in Tübingen.

Ich bin 59 Jahre alt, seit mittlerweile fast 13 Jahren Lehrstuhlinhaber für Altphilologie, meine Passion gilt Seneca im Allgemeinen und der stoischen Ethik in Senecas Bild von Athleten und Gladiatoren im Speziellen. Auf diesem Gebiet kann mir keiner etwas vormachen. Und ich habe große Freude an meiner Arbeit. Nicht aber an all dem Uni-Gremienkram drumherum.

Als 2016 der Ruf nach Tübingen kam, habe ich mich rasch nach Wohnungen umgeschaut. Ich wusste, es würde schwierig werden, so schön wie in Heidelberg zu wohnen. Dort habe ich 2007 – ich war aus Cambridge gekommen, um eine Stelle als Akademischer Oberrat anzunehmen – eine ganz wunderbare Altbauwohnung gefunden, viereinhalb Zimmer, ich brauchte schon immer Platz. Aber dass es in Tübingen so schwierig war, was hieß schwierig, es war eine reine Katastrophe, davon hatte ich keine Vorstellung. Ich war dann zunächst nach Dußlingen gezogen, zehn Kilometer südlich der Fakultät, im „schönen Steinlachtal gelegen", wie es hieß. Nach drei Jahren hielt ich es dort nicht mehr aus, obwohl das Haus, das ich gemietet hatte, geräumig war und ich mich nach anfänglichem Fremdeln dort einigermaßen wohl fühlte.

Ich fand eine Altbauwohnung in Tübingens Altstadt in der Nähe des Georgsbrunnens. Okay, ich musste Abstriche in Sachen Quadratmetern machen, aber es waren immerhin drei Zimmer. Wohnzimmer, Schlafzimmer und Arbeitszimmer.

Ich habe immer darauf geachtet, ein separates Arbeitszimmer zu haben. Kein kombiniertes Wohn-/Arbeitszimmer und erst recht keine Arbeitsecke im Schlafzimmer. Unwürdig. Im Arbeitszimmer steht eine Schlafcouch, mein Multy, das mir für kreative Arbeitspausen dient.

Auf meinem geliebten Multy habe ich im Übrigen immer die besten Ideen ... Thema für ein neues Buch ... Wohnung in Tübingen kaufen, ich komme später darauf zurück.

Übernachtungsgäste auf dem Multy habe ich wenige, Übernachtungsgäste in meinem Schlafzimmer lassen sich in meiner Tübinger Zeit locker an einer Hand abzählen. Ich bekomme regelmäßig Besuch von meiner Tochter Gloria. Sie ist mittlerweile 24 Jahre alt. Nach dem Abitur in Heidelberg mit 17 Jahren (G8) hat sie ein „gap year" gemacht (was für eine Unsitte). Zum Glück ist sie nicht zum Schafezüchten nach Neuseeland geflogen. Ich habe ihr einen dreimonatigen Aufenthalt in Rom organisiert (morgens Sprachkurs, nachmittags Leben), sie wohnte bei einem Kollegen von mir, den ich aus Heidelberg kannte und der einen Ruf an die Philologische Fakultät der Universität Rom angenommen hatte, der Glückspilz. Gloria hat drei Jahre Italienisch auf der Schule gelernt (und hat mit Latein als erster Fremdsprache begonnen, das war mir wichtig) und ich freue mich, dass sie ganz passabel Italienisch spricht. Ich selbst bin zwei Jahre in Rom gewesen, direkt nach meinem Studium in Cambridge (bevor ich dann wieder nach Cambridge zurückkehrte, um meine Dissertation anzufertigen), und sehe immer noch zu, dass ich mindestens zweimal im Jahr für einige Wochen in Italien bin. Quasi auf Dienstreise. Müsste man doch eigentlich von der Steuer absetzen können, oder? Ich bin dieses Thema nie angegangen.

Gloria ist dann noch vier Monate in den USA gewesen, bevor sie Psychologie studiert hat: Bachelor-Studium in Bonn, im letzten Jahr hat sie dann ihren Masterabschluss in Heidelberg gemacht. Jetzt ist sie wissenschaftliche Mitarbeiterin in der klinischen Psychologie im Neuenheimer Feld. Ich habe ihr bzgl. der Stelle etwas helfen können. Ich bin nach mehrfacher Aufforderung vor einigen Jahren dann doch Mitglied im Rotary Club Tübingen geworden, und Robert, der Chef der Radiologie am Universitätsklinikum Tübingen, hat Gloria einen Kontakt zu ihrem jetzigen Chef herstellen können. Robert ist auch der Chef von Karl, liebe Amelie, den Du später mal beiläufig erwähnen wirst.

Und im Rotary-Club ist auch „Psycho-Tom", wie wir ihn an Abenden, an denen reichlich Alkohol fließt, gerne nennen.

Tom hat mich vor zwei Wochen beim Rotary-Mittagessen (mir geht diese Anwesenheitspflicht zunehmend auf den Geist) zur Seite genommen und gefragt, was denn los sei. Er hat offensichtlich gesehen, dass ich in keiner guten Verfassung war (ich habe ihm immer mal wieder erzählt, dass mir all die schäbigen Fakultätsspielchen zunehmend zu schaffen machen), und hat vorgeschlagen, mal ein paar Tage bei ihm zur Ruhe zu kommen.

„Es muss keiner wissen, Felix. Wir checken dich mal durch, bisschen Labor, EKG, Blutdruck, du weißt schon, wie bei deiner Hausärztin, nur besser, und ordnen ein paar Themen ein."

Und so haben wir es dann gemacht. Ich bin mal eine Woche nicht im Seminar, dachte ich. Na und? Und wenn ich nächste Woche zurückkehre, ist keinem etwas aufgefallen. Ich habe den professoralen vierten Freiheitsgrad nie strapaziert wie so viele meiner Kollegen, die einfach wochenlang irgendwo herumturnen, sicherlich aber nicht in Tübingen sind. Wahrscheinlich machen sie alles richtig.

Was ist eigentlich eben passiert? Was hat Frau Daubner, was hast Du, liebe Amelie, mit mir eigentlich gemeinsam? Du hast es mir nicht verraten. Wir haben über Rom gesprochen, ausschließlich über Rom. Das tat mir sehr gut.

Du hast das große Latinum gemacht, hast Du mir verraten, bist in Bayern aufgewachsen und in Rom warst Du auch schon mehrfach. Mehr weiß ich nicht von Dir. Ich habe egoistisch über Rom fabuliert, Du hast einfach nur zugehört. Und gelacht ... und einmal meinen Unterarm leicht gedrückt ...

Mit einem Lächeln, das wie Sonnenstrahlen durch Wolkendecken bricht, bist Du eben in mein Zimmer gekommen. Dein Blick wie ein funkelnder Sternenhimmel in einer mondlosen Nacht, tief und durchdringend zugleich. Deine Augen, von der Farbe des Ozeans im Morgengrauen (wer ist Marietta?), spiegeln die Weisheit und Empathie wider, die Dein Wesen durchdringen. Dein Haar, von seidiger Dunkelheit umrahmt, fällt in sanften Wellen über Deine Schultern, wie ein zarter Schleier, der Deine Aura von Anmut und Selbstbewusstsein verstärkt. Die Eleganz Deiner Bewegungen gleicht einer Balletttänzerin, die durch die Räume der Seele schwebt, jeder Schritt voller Grazie und Eleganz. Dein schlanker, doch kraftvoller Körper trägt die Lasten der Welt mit Leichtigkeit, während Dein Lächeln wie ein wärmender Sonnenstrahl die Dunkelheit der Seele erhellt. In Deiner Präsenz liegt eine unbeschreibliche Ruhe und Gelassenheit, die selbst den stürmischsten Geist beruhigt und Frieden schenkt.
Deine Stimme, sanft wie eine zärtliche Melodie, hat die Kraft, gebrochene Herzen zu heilen und verlorenen Seelen Trost zu spenden. Mit jedem Wort, das Du sprichst, öffnest Du Türen zu unergründlichen Gefühlswelten und bietest einen sicheren Hafen für die, die in den Stürmen des Lebens verloren sind.

In der Psychiatrie bist Du, meine liebe Amelie, nicht nur eine Ärztin, sondern eine Vertraute, eine Freundin und eine Hüterin der Hoffnung. Dein Wesen strahlt eine unvergleichliche Schönheit aus – nicht nur äußerlich, sondern vor allem aus der Tiefe Deiner Seele heraus.

Schweißnass schrecke ich auf. Ich musste wohl wieder eingenickt sein. Was war denn das für ein Traum? Welche Tabletten hat mir Tom ins Frühstück gemogelt? „Tom, schick' mir bitte Deine Oberärztin nochmal vorbei" – das würde Tom morgen früh von mir zu hören bekommen.

Sieben

Tübingen, bei mir zu Hause, 24. Februar 2029

Samstagmorgen, mein Telefon klingelt.

Meine Woche bei Tom tat mir gut, ich wurde internistisch durchgecheckt, die Medikation bzgl. meines Bluthochdrucks wurde ein bisschen umgestellt (das muss ich noch meiner Hausärztin beibringen, sie wird es wahrscheinlich persönlich nehmen), sonst waren alle Blutwerte in Ordnung. Tom sagte: „Deinen PSA-Wert und vor allem deinen Testosteronspiegel hätte ich auch gerne." Ich nahm es als Kompliment.

Du, liebe Amelie, bist dann nicht mehr vorbeigekommen. Aber Du warst ja auch nicht die behandelnde Ärztin. Es hieß, Du seist auf einem Kongress, und es entsprach der Wahrheit, wie Du mir später gesagt hast.

Neben dem obligatorischen Obolus „für die Kaffeekasse" habe ich bei meiner Entlassung der properen Stationsschwester einen Brief hinterlassen, für Frau OÄ Dr. A. Daubner, für Dich, liebe Amelie. Den Briefumschlag und einen Bogen Papier habe ich mir abends vorher von der Nachtschwester geben lassen.

Tom soll davon nichts wissen, dachte ich, jetzt lachen wir darüber. Ich wollte es aber diskret angehen, obwohl ich Tom ein weiteres Mal auf Dich ansprach. Er war aber sehr professionell und erzählte wenig bis gar nichts über Dich. Das hat mir gefallen. Ich bin also in einer seriösen Klinik gewesen, für den Rotary Club hat es diesen Aufenthalt allerdings nie gegeben.

Ich bin jetzt seit einer Woche wieder zu Hause, in meiner neuen Altbauwohnung. Ich habe mich vor drei Jahren getraut, einen Kredit aufzunehmen. 145 Quadratmeter, vier Zimmer, komplett saniert, Dreifachverglasung. Schweineteuer, aber mein Vater – er ist diesen Monat 86 Jahre alt geworden – hat geholfen. Gerne geholfen. Er war immer sparsam, nicht geizig gewesen und freute sich, dass sein Geld in eine Immobilie floss, nicht in einen Porsche 911. Früher haben mich gerade die 911er fasziniert, ich habe das Thema aber irgendwann verworfen ... Heidelberg, Tübingen, exzellente Wohnlagen, großartige Bausubstanz, aber keine Tiefgaragen. Ich selbst habe auch ein bisschen was zur Seite legen können. Ich spiele kein Golf, kokse nicht, okay, die teuren Rotweine haben es mir angetan.

Der Kredit bei der Sparkasse war schnell genehmigt. Herzlichen Glückwunsch, Herr Professor.

Vielleicht stelle ich bei Dir, meine liebe Amelie, doch noch mal einen Antrag auf einen 911er. Irgendwann. Wenn unsere Tochter vorne sitzen darf.

Und jetzt sitze ich in meinem Eames-Sessel, den habe ich mir zum Umzug in meine eigene Wohnung vor drei Jahren gegönnt. Zehntausend Euro für einen Sessel. Ich habe fünfzigtausend Euro mehr aufgenommen bei der

Sparkasse, habe ein bisschen geschummelt. Das gibt mir mehr Flexibilität.

Mein Hofmann-Klavier ist mit umgezogen und wartet, frisch gestimmt, darauf, wieder mehr gespielt zu werden.

Ich sitze also da, liebe Amelie, arbeite die liegengebliebenen ZEIT-Ausgaben auf, eine sehr lieb gewonnene Zeitung, das Abonnement habe ich mir ebenfalls zum Einzug gegönnt. Und: neue Wohnung, neues Bett: Ich liebe mein Boxspringbett, in dem bisher niemand außer mir gelegen, geschweige denn geschlafen hat.

Ich trinke einen Kaffee mit Milch. Und meine Gedanken schweifen zu Dir. Du hast Eindruck bei mir hinterlassen. Gehörigen Eindruck. Und überlistet hast Du mich. Ich lasse mich nicht gerne überlisten. Du hast mich einfach sprechen lassen. Und ich habe nichts über Dich erfahren. Ich bin selbst schuld. Du hast wahrscheinlich geschmunzelt. Du hast das Gespräch geführt, indem Du geschwiegen hast, liebe Amelie. Grandios.

Du bist bestimmt verheiratet, überlege ich mir; ich hoffe es für Dich. Du hast vielleicht Kinder, die Du morgens zur KiTa bringst. Dein Mann ist ein Glückspilz. Oder gehst Du in der Rolle der Tante voll auf? Ein glückliches Leben ist auch ohne Kinder möglich. Natürlich. Führst Du eine unglückliche Fernbeziehung mit einem Investmentbanker in London? Hast Du womöglich ein Tête-à-Tête mit meinem Tom? Ausgeschlossen. Wie kann ich so etwas eigentlich denken? Was geht mich das eigentlich alles an?

Das Telefon klingelt immer noch. Was ist das denn für ein Vollidiot? Tschuldigung. Da ist aber jemand hartnäckig. Ich habe keinen Anrufbeantworter, erstens habe ich keine Lust, Nachrichten abzuhören, und zweitens stellt dies sicher, dass Leute länger durchklingen lassen und ich nicht zum Telefon hechten muss. Ich bin also in gewisser Weise wieder selbst schuld.

Die Hausverwaltung? Nein, es ist Samstag. Gloria? Nein, sie ruft ausschließlich mobil an, am liebsten ruft sie gar nicht an, sondern schreibt eine Nachricht oder schickt eine Sprachnachricht, auch so eine Unsitte.

Ich nahm das Gespräch an. Es sollte ein kurzes Telefonat, aber ein langer, unverhoffter, unglaublich schöner Nachmittag werden, liebe Amelie. Erstmal aber hast Du mich an dem Nachmittag ganz praktisch nach einer Haarbürste gefragt.

Acht

Wochenende in Lissabon, Juni 2025, Teil I

Die Sonne, langsam verschwindet sie hinter den sanften Hügeln, ein goldener Schleier legt sich über die Dächer der Altstadt. Enge Gassen mit Kopfsteinpflaster, sie erstrahlen im warmen Glanz der langsam angehenden Straßenlaternen. Der Duft von frisch gebackenem Brot und würzigem Kaffee erfüllt die noch angenehm warme Luft. Schön schäbige, fast morbide Bars, aus denen der Fado schallt, verliebte Paare, sich leidenschaftlich küssend. Von den Ufern des Tejo ein atemberaubender Blick, majestätisch thront die Ponte 25 de Abril.

Lissabon, voller Charme und Geschichte, die Zeit steht still, Liebe und Romantik liegen in der Luft, jeder Moment mit Magie erfüllt.

Und Liebe und Romantik liegen wahrlich in der Luft an diesem Wochenende Anfang Juni, obwohl Du, meine liebe Amelie, Ludwig erst vier Wochen zuvor kennengelernt hast … Kennenlernen ist zu viel gesagt. Abgepasst hat er Dich, der Schlingel. Zum Glück, denkst Du. Im VinoVibes (bescheidener Name für eine großartige Weinbar … Scholz & Friends müssten mal einen neuen Namen kreieren) vor den Toiletten. Wie hast Du eigentlich Deinen Mann kennengelernt? Auf der Toilette. Sechs Jahre später sagst Du: in der Psychiatrie. Herrlich. Beides aber deutlich besser als „Auf einer Dating-App".

Und so stehst Du jetzt am TAP-Schalter in Fuhlsbüttel und wartest auf ihn. Du wartest auf Ludwig. Schon ein bisschen verrückt. Ein bisschen? Deiner Mama hast Du gesagt, Du seist auf einer Konferenz in Lissabon. Nur Nina kennt die Wahrheit (und Ludwigs Telefonnummer), sie kennt immer die Wahrheit. Wenn er jetzt nicht kommt ... dann fliege ich trotzdem, denkst Du.

„Auf geht's, junge Dame." Auch seine Stimme ist großartig. Es ist einfach alles großartig an Ludwig. Ihr habt nur einmal miteinander telefoniert und die Reise ausgemacht. Wirklich verrückt. Das macht man doch nun wirklich nicht. „Man" nicht; Du, liebe Amelie, und Dein Ludwig aber offensichtlich schon.

Vor vier Wochen, nachdem Du Florian am Sonntagnachmittag zum Flughafen gebracht hast (es war ein schönes Wochenende mit ihm, Deine Befürchtungen haben sich nicht bestätigt), bist Du schnell nach Hause geeilt und hast die Festnetznummer gewählt. Am liebsten hättest Du von Festnetz zu Festnetz telefoniert, aber wer hat heutzutage noch ein Festnetztelefon? LUDWIG.

Du hast nicht viel wissen wollen, eines aber doch: Warum Lissabon?

Du kennst die Stadt, warst zweimal dort. Eine großartige Stadt. Einmal mit einer Studienfreundin, ein weiteres Mal mit Deiner Mama, sie war beruflich für eine Woche dort, Du hast gerade das Erste Staatsexamen bestanden und bist spontan für drei Tage nachgeflogen.

Ludwigs Antwort bestand aus einem Wort: Saudade.

Deine Dessous-Auswahl, das weiß ich mittlerweile ja nun sehr wohl, meine liebe Amelie, ist exquisit. Du bist aber auf Nummer sicher gegangen und hast Dich vorher noch bei Bella Donna auf dem Mühlenkamp eingedeckt.

Mit sicherer Hand steuert Ludwig auf ein kleines Restaurant in der Altstadt zu, drei Minuten von eurem Hotel, dem Solar do Castelo, entfernt. Ihr habt euch nach Ankunft kurz frisch gemacht und seid gleich losgezogen.

Lissabon im Juni empfängt euch mit wunderbarem Wetter, Du hast Dir im Hotel Dein hellgrünes Sommerkleid angezogen (das Du übrigens immer noch hast), dazu beige Ballerinas (ich liebe Unützer-Ballerinas an Dir), so dass Du das Kopfsteinpflaster auch unfallfrei überstehst. Dazu ein Hauch von Jo Malone, Deinem treuesten Begleiter von allen Begleitern in den letzten Jahren. Mimosa & Cardamom. Nichts ist besser.

Das Licht der Laternen, es wirft sanfte Schatten auf die farbenfrohen Fassaden der Häuser. Der Duft von frisch gebratenem Fisch und würzigem Bacalhau betört die Sinne.

Der Kellner führt euch zu einem kleinen Holztisch, gerade groß genug für zwei, geschmückt mit Kerzen und duftenden Blumen. Das Klirren von Gläsern, leises Murmeln, Fado. Das alles – es ist fast kitschig – berührt Dein Herz.

Die Aromen der portugiesischen Küche entführen eure Gaumen auf eine Reise der Sinne, während ihr euch verliert in Gesprächen und Lachen, umgeben von der Romantik einer Stadt, die niemals schläft. Ludwig sieht einfach fantastisch aus. Strahlend weiße Zähne, ein charmantes Lächeln, das seine Grübchen zeigt, ... und endlich hat ein Kerl mal diese hohen Wangenknochen, auf die Du so stehst.

Damit kann ich nun nicht dienen, liebe Amelie, aber ganz offensichtlich geht's auch ohne. Kann Ludwig eigentlich kochen?

Ludwig ist unglaublich charmant und Dich hat es erwischt, liebe Amelie. Darf man das sagen? Du bist verliebt in Ludwig. Und zwar so richtig. Am ersten Tag. Ist so etwas möglich?

Du hattest nie einen One-Night-Stand, hast Du mir später mal erzählt (ich sowieso nicht) und hast Deine Liebschaften, die Du an zwei Händen abzählen kannst, immer erst mehr oder weniger gründlich außerhalb des Schlafzimmers kennengelernt.

Ihr macht die ganze Nacht Liebe. Die armen Zimmernachbarn. Selbst schuld, die können sich doch auch vergnügen. Es ist so wunderwunderschön. Und Ludwig ist ein hervorragender Liebhaber. Er ist sagenhaft.

Es ist so vertraut mit Ludwig, so normal, so natürlich, einfach unbeschreiblich.

Das sind Deine Gedanken am nächsten Morgen, als Du gegen neun Uhr dreißig aufwachst, noch ziemlich müde, aber voller Vorfreude auf den neuen Tag. Dein Ludwig schläft ruhig, hat aber ein Grinsen im Gesicht, als Deine Hand unter seine Decke gleitet.

Neun

Wochenende in Lissabon, Juni 2025, Teil II

Vor fünf Minuten war Ludwig noch in mir, denkst Du so. Ob mir das der frustrierte Familienvater gegenüber am Tisch mit seiner gelangweilten Ehefrau und den beiden apathischen Jungs im Teenageralter, in ihre Spielekonsolen vertieft, wohl ansieht? Wann war er zum letzten Mal in ... sicher nicht in seiner Frau ... Amelie, beherrsch' Dich ...

Ihr habt beinahe das Frühstück verpasst. Ludwig kann einfach nicht die Finger von Dir lassen, selbst ins Bad folgt er Dir ... und dringt nochmal schnell von hinten im Stehen in Dich ein ... unter der Dusche ...

Die Morgensonne streut ihre goldenen Strahlen über die Stadt. Ihr sitzt jetzt auf der Terrasse des Solar und schaut euch verliebt an. Die Straßen rauschen gedämpft ... oder ist es die Meeresbrise? Ludwig sitzt viel zu weit weg. Ich möchte ihn anfassen, denkst Du. Der Duft von frisch gebrühtem Kaffee schwebt in der Luft. Pastéis de Nata kitzeln eure Sinne.

Liebe auf den ersten Blick kennst Du von Rosamunde Pilcher, aber nicht aus dem richtigen Leben, aus Deinem erst recht nicht. Bisher.

Du möchtest ihn küssen zwischen den Bissen ... oder besser: schnell zurück ins Zimmer ... ihm die Klamotten vom Leib reißen, Dich mit ihm vereinigen ... schnell ... tief ... lange ... den ganzen Tag ... und die Nacht hindurch ... und am nächsten Morgen dann wieder ... Vögel zwitschern eine Liebesmelodie ... jetzt hör' aber auf ...

Ich habe über die Jahre festgestellt, dass es im Sommer leichter ist, mit allen Sinnen zu reisen, liebe Amelie. Und ihr seid wahrlich mit all euren Sinnen unterwegs an diesem Wochenende.

Ihr spaziert jetzt durch die engen Gassen, es ist früher Nachmittag, ein leichter Meerwind trägt euch hinauf in den kleinen Jardim de S. Pedro. Ludwigs Hand ruht auf Deinem Po. Du trägst Dein gelbes Lieblingskleid, gekauft bei Anita Hass. Nachdem Du mehrfach um die drei großen Schaufenster herumgeschwänzelt bist – gerne machst Du auf dem Rückweg von der Alsterrunde einen kleinen Schlenker über die Eppendorfer Landstraße – bist Du dann unter der Woche abends einfach mal reingegangen und hast zugeschlagen ... drei Kleider, zwei Blusen ... halbes Nettogehalt in 45 Minuten ... Manche Dinge müssen sein. Richtig so.

Die Aussicht auf die Stadt von hier oben ist phänomenal.

Ihr trinkt einen kalten Kaffee mit Zitronenrinde ... warum hat der sich in Deutschland eigentlich nie durchgesetzt? Er schmeckt köstlich, denkst Du so.

Lissabon hat Marmor als Fußboden verlegt, das muss man sich mal vorstellen, die mussten damals viel Geld haben ... überall diese abgewetzten Mosaiksteinchen auf den Straßen ... uneben verlegt oder uneben geworden über die Jahrzehnte. Deine Autrys – Ludwig hatte am Telefon gesagt: festes Schuhwerk nicht vergessen. Wir werden laufen (wenn wir denn aus dem Hotelzimmer rauskommen, denkst Du so). Deine Autrys tragen Dich durch die Straßen, Hand in Hand mit Ludwig ... bis zur Rua Dom Pedro. Und dann steht ihr vor einer Restauranttür. DER Restauranttür.

A Cevicheria – eine Riesenkrake an der Decke ... nur sechs Tische und ein paar Plätze an der Bar, keine Reservierungen möglich. In Deutschland – in Amerika sowieso – hätte man aufgrund des großen Erfolgs längst ein Franchise draus gemacht. Grauenvoll.

Man braucht „felicidade" – und Ludwig und Du, ihr habt es. Nur ein Pisco Sour auf dem Gehweg, und schon sitzt ihr an einem Tisch neben zwei portugiesischen Geschäftsleuten, zumindest sehen sie danach aus.

Hier geht es um nur eine Sache: Ceviche. Peruanisch.

Eigentlich simpel: Rohe Fischwürfel in die Schüssel, Limettensaft, etwas Rohrzucker, dünne rote Zwiebeln und ein paar kleine Extras dazu, durchrühren, ab auf den Teller. Pisco dazu. Bom apetite!

Nächste Runde ... anderes Dressing ... und nächste Runde ... Pisco dazu ... und noch einen ... warum riecht's im Laden nicht nach Fisch? Das fragst Du Dich ... Frischer Seefisch riecht nicht. Das steht im Buch, das der Koch der Cevicheria geschrieben hat, Ludwig kauft es

Dir, schreib's einfach mit auf die Rechnung, ruft er der Kellnerin zu.

A conta, por favor ... schnell zurück ins Hotel ... fazer amor.

Ihr wacht auf, es ist kurz vor Mitternacht ... Nein, jetzt bitte nicht zusammen ins Bad ... ab in die Fado-Bar ... der Schwermut lauschen ... Paare tanzen dicht an dicht. Es ist stickig. Ihr bleibt beim Pisco. Du fingerst an seinem Leinenhemd ... Du lernst ein neues Wort: Saudade. Ein Äquivalent gibt es nirgends: in keiner Sprache. Melancholie, aber auch Sehnsucht. In einem.

Wenn Ludwig jetzt fragen würde ... Du würdest JA sagen. Bist Du denn von allen guten Geistern verlassen? Du erschreckst Dich ein wenig vor Dir selbst. Aber nur ein wenig. Saudade.

Du weißt nicht, wann ihr ins Solar zurückgekehrt seid ... es ist jetzt zehn Uhr morgens ... Sonntag.

Der Rückflug ist erst am frühen Abend, ihr seid über Mittag per Uber nach Cascais gefahren, die Fahrt dauert nur fünfunddreißig Minuten, raus aus der Stadt, Du erinnerst Dich, dass Du das auch mit Deiner Mama vorhattest ... ihr seid dann aber damals in der Stadt geblieben, auch gut.

Die kleine Bucht, die Füße im Meer, die Supergas in der Hand, neben Dir Ludwig. Gleich noch ein paar Churros ... oder doch lieber eine Ananas? ... Im Hotel Baia kurz zur Toilette. Dann wieder raus auf die Promenade, die Sonnencreme hast Du, wie so oft, nicht dabei. Echt egal heute. Hier leben viele Auswanderer, hast Du gelesen. Verständlich ... die leichte Brise, Dein zerzaustes Haar, Tom-Ford-Brille ... Ludwigs Grübchen ... lass' den Tag nie enden, denkst Du Dir.

Als Du abends selig in der Erikastraße ins Bett fällst, allein – jeder ist brav zu sich gefahren –, ist Dein letzter Gedanke, bevor Du ins Traumland eintauchst: Saudade. Und ich muss Nina anrufen.

Zehn

Es leuchtet ein, was Nina sagt. Okay, ihr habt schon zwei Aperol getrunken, jeder. Innerhalb von 45 Minuten. Es ist Freitagabend. Ihr sitzt draußen. Freut euch auf euren Abend. Es sind Semesterferien, durch die Lernerei war in letzter Zeit zu wenig Zeit dafür. Nina wird ab nächster Woche ihre Eltern in Griechenland besuchen, Du fliegst mit ein paar Freunden nach Koh Phangan. Wenn man in unserem Sommer in Asien unterwegs ist, sind die Ziele ja begrenzt, wenn man trocken bleiben möchte.

Du weißt nicht, ob es Ninas Argument ist oder ob sie es irgendwo aufgeschnappt hat. Es geht so: Wenn man einen neuen Freund hat, sagt Nina, und landet dann irgendwann im Bett (oder auf dem Küchentisch ...), nimmt man meist ein Kondom ... obwohl ihr beide, seit ihr 16 Jahre alt seid (Mama, ich brauch' was gegen Akne), die Pille nehmt ... nichts ist praktischer ... aber nach allerallerspätestens vier Wochen lässt man das Kondom dann weg.

„Dann kann man es auch sofort weglassen", so das Argument. Was soll denn in den vier Wochen passiert sein?

Es leuchtet an dem Abend ein ... ihr seid beim dritten Aperol.

An dieses Gespräch von vor acht Jahren denkst Du, als Du am nächsten Morgen in Deinen Golf (nein, Du hast

47

keinen Mini) in Richtung Bundeswehrkrankenhaus steigst. Zum Glück konntest Du schräg gegenüber Deiner Wohnung in der Erikastraße in einem Neubau einen Stellplatz anmieten ... wie bitte? 220 Euro? Okay, nehm' ich.

Es war kein Thema gewesen bei Ludwig. Es war alles so normal. Vertrauen, Hingabe, Liebe ... ja, es war Liebe.

Elf

Du vermisst Deine Alsterrunden, ich weiß, liebe Amelie. Nicht aber vermisst Du es, im Tiergarten beim Joggen in Hundescheiße zu treten.

Berlin vermisst Du nun wirklich nicht, vielleicht ein ganz klein bisschen, Hamburg aber schon. Trotzdem bist Du in Tübingen glücklich. Beruflich läuft es gut bis sehr gut, Tom ist der beste Chef, den man sich wünschen kann (okay, Jörn war auch klasse, Du hast wirklich Glück). Privat geht es Dir wieder richtig gut, nach dem ganzen Ludwig-Drama der letzten Zeit lässt Du es ruhig angehen. Du hast Dich ja ein paarmal mit Karl getroffen, dem Oberarzt aus der Radiologie, mal schauen, was sich da vielleicht entwickelt. Aber nicht auf Teufel komm raus.

Wen Du aber richtig vermisst, ist Nina, die, kaum hast Du der Hauptstadt den Rücken gekehrt, wieder nach Berlin gezogen ist. Nina hat einiges erlebt in den letzten Jahren, aber jetzt schwebt sie auf Wolke sieben, und das wird sie Dir nächstes Wochenende in Tübingen erzählen. Sie kommt Dich endlich besuchen. Das ist großartig. Und sie hat einiges zu erzählen, Du vielleicht auch, aber das, liebe Amelie, weißt Du heute noch nicht. Ihr werdet Tübingen ein bisschen unsicher machen. So ist der Plan. Das Tübinger Nachtleben (na ja, was man so Nachtleben nennen kann) testen. Damals während des

Studiums wart ihr die AmNi-Twins, unzertrennlich bei allen Aktivitäten, ihr habt sogar einmal zu zweit einen Corpsstudenten ... aber wen interessiert das jetzt? Ihr seid beide Fachärztinnen, Nina hat gerade – Dank einer großzügigen Finanzspritze von Albert, ihrem Bruder – eine Privatpraxis in Charlottenburg eröffnet. Wenig klassische Dermatologie, viel Hyalruon und Botox ... vielleicht bringt Nina ja nächste Woche mal wieder eine Dosis mit. Ihr habt das natürlich ausprobiert. Obwohl, das sage ich Dir, liebe Amelie, Du das Zeug sicherlich nicht benötigst. Dann schon eher ich für meine Zornesfalte.

Du kommst also von Deiner Tübinger „Alsterrunde" zurück, einmal ein Stück Neckar rauf und runter. Hier darf wenigstens geschwitzt werden. Zum Glück.

Und wie Du so unter Deiner Dusche stehst, keine Dschungel-Dusche, Heinrich kann nicht überall sein, fällt Dir der Brief wieder ein. Du musst eigentlich seit zwei Tagen konstant an den Brief denken, den Dir die Schwester auf der Privatstation erst vorgestern gegeben hat. Ist bestimmt nicht so wichtig, mag sie sich gedacht haben. Wahrscheinlich hat sie sich gar nichts gedacht. Furchtbar. Dienst nach Vorschrift. Ich würde sie alle rauswerfen, denkst Du.

Als Du abends nach Hause kommst, fischst Du den Brief aus Deinem Wollmantel. Warum ist es so schweinekalt in Tübingen? Unwahrscheinlich.

Stationsbriefpapier, das kennst Du. Aber mit Füller geschrieben ... Füller, Papeterie Koch, Ludwig ... hör' auf,

Amelie, sagst Du zu Dir selbst. Grüne Tinte. Die hattest Du länger nicht gesehen, die Farbe ist Dir aber vertraut. Ab Bataillonskommandeur zeichnet man mit grün. Wer mit grün schreibt, ist Chef.

Als Absender steht „1109" geschrieben, die Schwester hat gesagt: „Frau Doktor ..." – Du lässt Dich zum Glück nicht von Schwestern duzen, Du hast den Wechsel nach Tübingen und die neue Oberarztposition genutzt, wieder etwas förmlicher zu sein – „Frau Doktor, ein Liebesbrief für Sie." Du hast den Brief in Deinen Mantel gesteckt und bist wortlos abgerauscht.

Und dann öffnest Du den Brief.

Ein Wort: Pantheon

Und eine Festnetznummer.

Dir wird kalt und heiß, Dein Magen verkrampft sich ... es kommen zu viele Gedanken hoch ...

Du hast in dieser Nacht sehr unruhig geschlafen, liebe Amelie, obwohl Du ja, wie ich jetzt weiß, eine sehr gute Schläferin bist, Du nimmst Probleme nicht mit in die Nacht. Du löst sie in der Nacht. Sehr auch zu meiner Freude.

Zwölf

Tübingen, bei mir zu Hause, 24. Februar 2029

„Liebe Frau Daubner, ich muss noch schnell zum Markt am Jakobusplatz, er schließt ja bekanntlich samstags um dreizehn Uhr. In 20 Minuten beim Kartoffel-Georg, da treffen wir uns, wenn Sie mögen, er hat die besten Drillinge. Und dann koche ich für uns."

Was ist da gerade passiert? Das ist chefmäßig. Knappe Ansage. Keine Zeit für Widerspruch. Grüne Tinte. Und schnell aufgelegt hat er, denkst Du. Logisch. Er muss ja zu seinen Drillingen.

Du bist im Bademantel, hast einen Cappuccino vor Dir. Auch ein Ritual am Samstag, Du rufst dann Freunde an, hältst Kontakt, telefonierst auch immer mit Deiner Mutter, eine schöne Routine.

Unter der Dusche wägst Du nochmal ab. Anrufen oder nicht? Und jetzt wählst Du die Festnetznummer. Er ist wahrscheinlich nicht zu Hause, denkst Du. Vielleicht geht seine Frau dran. Nein, dann hätte die Stationsschwester keinen Brief für Dich gehabt, denkst Du. Du lässt lange klingeln, Du legst einfach nicht auf … dann hörst Du, wie ich abhebe.

Und jetzt musst Du Dich sputen. Nasse Haare, Du bist nicht angezogen, zum Glück bist Du nur vier Minuten vom Kartoffel-Georg entfernt. Du kannst es in drei Minuten schaffen, denkst Du. Natürlich kennst Du den Markt am Jakobusplatz. Obst, Gemüse, Eier, Brot, Fisch, Geflügel, Wurst, Käse, Blumen und Bio-Produkte ... das ganze Programm ... hier trifft sich der Bildungsbürger samstags zum kleinen Schwatz vor historischer Kulisse ... aber doch bitte nicht mit nassen Haaren. Quel drame.

Der Mensch ist zu erstaunlichen Leistungen fähig, und sei es nur, sich schnell in Klamotten zu werfen, um rechtzeitig bei diesem Drilling-Papst zu sein, um – ja was eigentlich – einen ehemaligen Patienten zu tretten, kaum jünger als Dein Vater? Amelie, was machst Du gerade, denkst Du Dir. Aber warum eigentlich nicht?

Du bist schnell angezogen, schwarze Hose, schwarzer Rollkragenpullover, schwarzer Wollmantel, sogar schwarze Unterwäsche, aber das ist ja egal. Ein bisschen Junglück ins Gesicht. Jo Malone. Orangener dicker Wollschal, orangene Wollmütze, Deine Haare sind ja nass. Du siehst unglaublich gut aus.

„Mama, ich hab' Dich lieb, es ist alles gut, ich rufe Dich morgen Vormittag an."

Wo ist denn jetzt nur dieser verflixte Kartoffel-Georg? Nächster Gang, bis hinten durch, dann sehen Sie ihn auf der rechten Seite. Zum Glück ist Kartoffel-Georg offensichtlich weltbekannt ... zumindest in Tübingen.

„Die sehen passabel aus, die würde ich nehmen. Ich bin aber ein guter Esser, nehmen Sie noch ein paar mehr."

Das sprichst Du mir ins Ohr, liebe Amelie, als ich Georg Koflers Drillinge inspiziere. Mit dem Satz hast Du mich. Habe ich Dir nie gesagt. Werde ich aber noch tun.

Du bist da, und Du siehst fantastisch aus.

Dreizehn

Wir stehen in meiner Küche, Du teilst den Brokkoli in Röschen, ich wasche das Lachsfilet, erhitze Sonnenblumenöl („das Gute") mit Butter in der Pfanne. Ich brate die Lachsfilets auf der Hautseite ca. vier Minuten kräftig an. Du gibst den Brokkoli in einen Topf mit Salzwasser und Gemüsebrühe. Dampfeinsatz nicht vergessen. Rein mit den Brokkoli-Röschen. Jetzt laufen die zehn Minuten. Ich wende die Lachsfilets und brate sie auf der Fleischseite bei kleiner Temperatur für weitere vier bis fünf Minuten an. Geben Sie mir bitte mal die Mühle?

Lachsfilets ohne Meersalz aus der Mühle sind keine Lachsfilets. Vier kräftige Prisen, würde meine Mama jetzt sagen. Der liebe Gott habe sie selig. Und den Pfeffer nicht vergessen, natürlich auch aus der Mühle. Ich nehme den Lachs aus der Pfanne und halte ihn im Backofen bei fünfzig Grad warm. Jetzt habe ich kurz Zeit, Dir ein Gläschen Sancerre einzuschenken. Herzlich Willkommen.

Du warst eben bei mir im Bad, Deine schönen Haare richten. Ich traue mich nicht zu sagen, dass ich Deine feuchten, etwas wilden Haare – wie sag' ich's – anregend finde? Schau' mich an. Du darfst meinen Tangle teezer benutzen. Natürlich.

Während Du im Bad bist, schäle ich Georgs Drillinge. Prachtkerle nennt er sie, na ja, Prachtkerle haben bei mir eher etwas mit der weiblichen Anato… lassen wir das. Ich wasche sie, lege sie ins Salzwasser, da lasse ich sie zwanzig Minuten kochen, Kurkuma und Kümmel nicht vergessen.

Jetzt ist der Brokkoli fertig, grobes Meersalz aus der Mühle dazu, das ist ganz wichtig. Den Lachs aus dem Backofen nehmen. Eine Zitronenscheibe und Petersilie finde ich auch noch im Kühlschrank. Zwei Teller. Sancerre mitnehmen. Flasche Wasser. Ab ins Wohnzimmer. Bon appetit.

Vierzehn

Tübingen, bei mir zu Hause, 24. Februar 2029

Ich sitze in meinem Eames-Sessel, es ist bereits dunkel ...
fünf Stunden warst Du bei mir. Ich lasse den Mittag
nochmal an mir vorbeiziehen. Du bist Oberfeldärztin
der Reserve. Das ist also die Gemeinsamkeit, die Dich
in Zimmer 1109 geführt hat. Und was für eine Oberfeldärztin Du bist. Wow.

Ich denke an meine Bundeswehrzeit von 1989–1991. Ich
hatte mich für zwei Jahre verpflichtet. Es drohte, dass
der Wehrdienst – damals gab es ihn natürlich noch – auf
18 Monate verlängert werden würde. Da kann man doch
gleich sechs Monate mehr machen, deutlich mehr Geld ver-
dienen und ist dann außerdem Reserveoffiziersanwärter.
Silberne Litze, das ist doch was. Abgehen als Fähnrich. In
den Semesterferien – ich bin in Cambridge – eine Wehr-
übung machen – schwupp bin ich Leutnant. Zugführer
erster Zug. Formaldienst leiten mit Haarnetz. Abstand
zum Vordermann 80 Zentimeter. 79 Zentimeter: schwul,
81 Zentimeter: unerlaubtes Entfernen von der Truppe.
Nach dem Dienst in Uniform durch Marburg gehen und
sich beschimpfen lassen. Es ist mir so egal. Ich find's
sogar richtig gut. Linksversiffte Bombenleger. Die Zeit
ist mega, wie meine Studenten vielleicht sagen würden.

Leutnant. Für mich der beste Dienstgrad. Schon immer.
Ich weiß auch nicht warum. Vielleicht ist es die Kom-

bination aus Offiziersein, aber nur überschaubar Verantwortung zu haben. Es ist eine wunderschöne Zeit, BCE-Führerschein, Springerlehrgang in Altenstadt, mehrfach dienstlich Saufen in der Brauerei Lich, getarnt vom Kompanietruppführer als „Unteroffizierweiterbildung: Besuch eines mittelständischen Unternehmens".

Alle Uffze lieben ihn, den jungen Kompanietruppführer, der komischerweise Fähnrich ist. Ich habe den Hauptfeldwebel für drei Monate vertreten. Der Oberfeldveterinär in Koblenz winkt meine Dienstpläne immer durch. Guter Mann. Mit sehr hübscher Tochter, dazu gibt es aber (leider) keine weitere Geschichte.

Sechs Monate Fahnenjunker- und Offizierlehrgang an der Sanitätsakademie in München. Schnitzelzentrale, Bier zu Mittag. Nachmittags dann Schießtraining. Die Herrenabende mit dem Generalarzt waren sagenhaft. „Ich habe meine Frau geheiratet wegen ihrer immensen Brüste."

Sehr zur Freude der männlichen Kameraden hat die Bundeswehr ganz frisch auch weibliche Sanitätsoffiziersanwärterinnen in der Bundeswehr zugelassen. Mit Claudia, sie hat im Jahr zuvor Abitur im Saarland gemacht, Dienstgrad Gefreite/OA, mache ich auf dem Fahnenjunkerlehrgang mehrmals wöchentlich Überstunden.

Nicht nur diese Tatsache macht meine Zeit bei der Bundeswehr unvergesslich. Claudia – ich habe sie immer mal wieder gegoogelt – ist niedergelassene Internistin in Konstanz.

Und jetzt sitze ich also hier in meinem Eames-Sessel und bin selig, dass Du, liebe Amelie, mich heute angerufen hast. Und Du bei mir warst. Mittlerweile habe ich Dir die Bundeswehrgeschichten erzählt, auch noch ein paar andere, die nicht in diese Geschichte gehören. Aber heute Mittag habe ICH dann mal zugehört. Revanche war angesagt. Nach dem dritten Glas Sancerre (immer gut ausbalanciert mit Wasser) sind wir zum DU übergegangen. Ich bin eigentlich kein großer Duzer. Ich finde, man kann auch zu Personen, die man siezt, ein sehr freundschaftliches Verhältnis haben.

Eine meiner ersten Fragen an Dich ist: Wie kommt Tübingen mit Dir klar? Deine Antwort: Tübingen kann mir nicht aus dem Weg gehen, umgekehrt aber schon. Chefin. Grüne Tinte.

Du erzählst mir von Deinen bisherigen Stationen und skizziert auch, was letztlich zu Deinem Umzug nach Tübingen geführt hat. Wir können locker jetzt noch hier sitzen, das weißt Du, meine liebe Amelie.

Dann fällt uns beiden (aus Anstand) aber fast zeitgleich ein, was wir uns eigentlich vorgenommen haben für heute und was der andere sich jeweils vorgenommen haben könnte (Schnickschnack, völlig egal, die Studenten können warten), und ich begleite Dich ein bisschen in Richtung Deiner Wohnung. Wir wohnen nur sieben Minuten zu Fuß auseinander. Ein Vorteil von Tübingen, wenn man sich mag.

Und ich habe das Gefühl, wir mögen uns.

Fünfzehn

Meine Haare sind in Felix' Bürste, zusammen mit seinen. Daran denkst Du, als Du die Tür zu Deiner Wohnung aufschließt. Dieser Gedanke gefällt Dir. Ziemlich sogar.

Ich habe Dich noch ein Stück begleitet, wir haben uns lange umarmt, danach auf die Wangen geküsst, dann nochmal umarmt … ich bin dann zu einem Abendspaziergang aufgebrochen, habe ich gesagt. Ich bin dann aber zackig nach Hause auf den Eames-Sessel geeilt, Augen zu, sinnieren.

Du bist in Dein Juvia-Lounge-Outfit (hört sich besser an als Jogginghose) geschlüpft und sitzt jetzt mit einem Cappuccino auf dem Sofa. Du hast Dir zu Weihnachten einen Jura-Vollautomaten gegönnt, die richtige Entscheidung.

Bei Deinem Umzug zusammen mit Ludwig nach Berlin hast Du alle Möbel in Hamburg verkauft, ihr habt euch in Charlottenburg neu eingerichtet, und als Du dann notfallmäßig aus der Altbauwohnung am Savignyplatz verschwunden bist, hast Du nur Deine Kleider mitgenommen und ein paar andere Habseligkeiten. Dir war alles egal, Hauptsache weg von diesem ekelhaften Typen.

Das BoConcept-Sofa, auf dem Du jetzt sitzt, konntest Du gebraucht von einem Bekannten übernehmen, er hat es sogar in die Augustenstraße liefern lassen. Du wolltest ja eigentlich länger in Berlin bleiben, hast dann aber die Entscheidung getroffen, doch eine universitäre Laufbahn einzuschlagen. Und wie gut das bisher klappt, denkst Du Dir. Alles richtig gemacht. Ein Prost mit Cappuccino auf Tom und Dich selbst.

Und wie Du so auf Deinem BoConcept-Sofa sitzt, einem Ecksofa mit dunkelgrünem Lazio-Stoff (ich finde es übrigens sehr schick, passt super zum Parkett), denkst Du über mich nach. Und gehst im Geiste Deine ehemaligen Partner durch. Konnte überhaupt jemand kochen? Okay, der Leutnant-Max brauchte nicht kochen zu können, er bekam Dispens von Dir, er konnte dafür andere Sachen exzellent ... jetzt ist für ihn das Leben in Fulda zu Ende ... Doppelhaushälfte, Sackgassenendstück. Klingelschild aus Salzteig. So sind die Karten gemischt. Für einen anderen Verflossenen wäre Kochen vom Konzept gar nicht in Frage gekommen ... ein Trauerspiel, aber lassen wir das.

Der Sancerre hat exzellent geschmeckt. Ich wollte Dir eine Flasche mitgeben, und Du hast gesagt: „Behalte sie, ich komme wieder, wenn ich darf."

Ich glaube, ich darf wiederkommen, denkst Du so. Oder? Ja, doch. Er findet mich – wie sagte er eben – so vergnüglich. Das hat mir noch niemand gesagt. Vergnüglich. Ich habe aber auch noch nie so jemanden wie Dich getroffen.

Du gehst an dem Abend früh zu Bett, liebe Amelie. Ich habe dann aber noch anstelle des Weins „De brevitate vitae" von Seneca in der zweisprachigen Reclam-Ausgabe aus meinem Bücherregal gefischt und Dir mitgegeben.

Sicher kein Zufall, denkst Du. Natürlich nicht. Du bist jetzt zu müde, wirst Dir Seneca aber die Tage vornehmen. Das versprichst Du Dir.

So schnell bist Du selten eingeschlafen.

Sechzehn

Auch am Sonntag wird gelaufen. Einmal am Neckar entlang. Rauf und wieder runter. Du hast Dir das einfach angewöhnt. Als Studentin bist Du wenig gejoggt. Warum, weißt Du nicht. Jetzt gefällt es Dir richtig gut. Am schönsten ist es aber an der Alster, keine Frage. Die ist jetzt leider weit weg.

Es ist kalt, kälter als gestern auf dem Jakobusmarkt und deutlich kälter als auf dem Rückweg abends von Felix nach Hause, denkst Du. Sancerre wärmt offensichtlich.

Du stehst unter der Dusche und planst die nächste Woche. Normaler Dienst, von Donnerstag auf Freitag eine Oberarztbereitschaft. Zum Glück kannst Du zu Hause schlafen. Am Dienstag leitest Du morgens die interne Fortbildung. Vor dem eigentlichen Dienstbeginn ruft Tom dienstags die Ärzte zusammen, es wird ein interessanter Fall besprochen. Du hast etwas Schönes herausgesucht, aus Deiner Hamburger Zeit.

Jetzt rein in etwas Kuscheliges, ab aufs Sofa, mit Mama telefonieren. Sie fragt nicht, warum Du gestern nicht telefonieren konntest. Gut. Du behältst Deinen Nachmittag erstmal für Dich. Dann gibt es auch keine Diskussionen. Mamas langjähriger Partner war deutlich älter und ist jetzt auch schon seit fast zehn Jahren tot. Ihr geht es aber gut, der Mama, und sie möchte Dich auch mal wieder in Tübingen besuchen kommen. Ja, unbedingt, lass' uns etwas planen.

Du setzt Dich an Dein MacBook und schreibst an Deinem aktuellen wissenschaftlichen Artikel weiter. Es macht Dir Spaß, Du hast ein Ziel, die Habilitation. Du wirst Dich mit, nicht gegen Deinen Chef habilitieren. Tom ist spitze. Und nächstes Wochenende kommst Du zu nichts, das AmNi-Wochenende steht an (wie schön), also jetzt nichts wie ran an die Tasten.

Am Abend – Du sitzt immer noch am MacBook bzw. liegst mit ihm auf dem Sofa – piept Dein Handy. Eine SMS. Wer verschickt denn noch eine SMS außer dem Essens-Lieferdienst und dem VW-Händler? Du hast weiterhin Deinen Golf, brauchst ihn aber so gut wie nicht. Unterschied zu Hamburg? Stellplatz 70 Euro, dafür knapp zehn Minuten zu Fuß entfernt von zu Hause. Zu Hause? Ja, langsam fühlst Du Dich wohl in Tübingen. Nina hätte Dich ausgelacht, damals, am Gärtnerplatz, während des Studiums. Richtig glauben kann sie es wohl immer noch nicht. Aber sie wird schon noch sehen. Die Provinz kann was. In fünf Tagen kommt sie ja.

Die SMS … von einer 0172-Nummer geschickt … Da hat jemand seit ganz vielen Jahren ein Handy, das weißt Du von Deinem Vater. D2-Mannesmann. Du weißt, wer es ist.

> *„Liebe Amelie, eine schnelle Nudel unter der Woche? Bei mir oder auswärts? Das wäre doch was, zumindest für mich. F."*

Das ist auch etwas für Dich, denkst Du, und schlägst als Treffpunkt den Alten Fritz am Mittwoch vor. Dann braucht Felix nicht zu kochen. Deutscher Name, aber italienische Holzofenpizza zum Niederknien. Du hast sofort geantwortet. Zappeln lassen? Nicht mehr Dein Ding.

Siebzehn

Zum Alten Fritz, 28. Februar 2029, Mittwoch

„Was hält Seneca eigentlich von Gladiatoren?"

Höre ich gerade richtig?

Die Woche startet geruhsam im Seminar. Es ist vorlesungsfreie Zeit. Gespräche mit zwei Master-Studenten, einer Doktorandin muss ich dann doch nahelegen, das von ihr ins Auge gefasste Thema nochmal zu überdenken ... sie wird aber ziemlich sicher bei mir promovieren, sie ist eine sehr tüchtige Assistentin, einer meiner Oberräte hat ein Auge auf sie geworfen ...

Gestern war ich bei der Physiotherapie, tagsüber, mein Nacken macht mir seit einiger Zeit etwas zu schaffen. Ich habe Tom nichts davon gesagt, möchte keine neue Flanke eröffnen.
Und jetzt sitze ich hier mit Dir, liebe Amelie, im Alten Fritz. Ich habe mir sogar überlegt, was ich anziehe. Wann habe ich das zum letzten Mal gemacht?

Schöner Gewölbekeller. Ich war mal mit Gloria hier, sie isst so gerne italienisch. Es ist oft voll hier, Du hast natürlich reserviert.

Wir starten mit einem Insalata della casa, ja, bitte in die Mitte stellen, wir teilen. Dann eine Primavera für Dich, Du isst so gerne Artischocken und Peperoni, wie Du mir sagst. Und die exzellente Pasta alla mamma für mich. Dazu ein Primitivo Salento, ja, gerne eine Flasche. Dazu bitte Wasser mit Kohlensäure. Was braucht es mehr?

Und jetzt müssen wir beide lachen. Senecas Einstellung zu Gladiatoren? Woher weißt Du, dass genau das mein Spezialthema ist? Klar, mal schnell meinen Namen in die Suchmaschine eingegeben ... die Dame ist vorbereitet.

Okay, in Kurzform: Gladiatoren verkörpern mit ihrer Leidensfähigkeit und Todesverachtung zwei zentrale Ideale der stoischen Philosophie. Der Gladiator wird als Modell und Muster des bene mori nicht nur zur Metapher, sondern auch zum symbolischen Vorbild des nach Weisheit strebenden Menschen. Also: Seneca liebte seine Gladiatoren.

Alla salute!

Wir schlendern zurück zu Deiner Wohnung, Du hakst Dich ein. Deine Haare riechen extrem ... frisch ... wenn das kein Frauenshampoo ist, brauche ich das auch. John Frieda enttäuscht nie.

Wir verabschieden uns, wollen uns nächste Woche wiedersehen. Schlagen es gleichzeitig vor, eben beim vorzüglichen Tiramisu. Müssen lachen. Wie schön.

Am Wochenende kommt Deine beste Freundin Nina aus Berlin zu Besuch. Ich bin bei meinem Vater im Ruhrgebiet. Seit er 70 ist, feiert er konsequent alles, erst recht jeden Geburtstag. Gloria kommt mit Jasper. Seit Jahren ihr Freund. Ein guter Junge.

Achtzehn

Wochenende in Tübingen, Anfang März 2029

„Mit dem Zug kommst Du nie an, flieg' bis Stuttgart, ich hol' Dich ab."

Wenn es wichtig ist, kannst Du keinen Zug nehmen oder Du musst am Vortag anreisen. Das ist das Einzige, was Dir von Deinem letzten Freund im Gedächtnis geblieben ist. Damit hat er recht.

Es ist Freitagnachmittag, Du stehst am Flughafen Stuttgart bei der Ankunft – man kann bei Kiss & Fly direkt am Terminal parken – und wartest auf die Eurowings-Maschine aus Berlin. Die Maschine hat 15 Minuten Verspätung, ist also superpünktlich.

Ihr umarmt euch lange, küsst euch. Es ist so schön, dass sie da ist. Nina ist Deine beste Freundin.

Nach Abschluss ihrer Assistenzarztzeit in Berlin ist Nina zurück nach München gezogen. Ihr habt fast zeitgleich eure Facharztprüfungen im Frühjahr 2027 bestanden. Als Du dann mit Ludwig nach Berlin gezogen bist, ist Nina bereits in Richtung München in eine Privatpraxis in Bogenhausen entschwunden. Hyaluron, Botox, Chi-chi. Genau ihr Ding. Sie umsorgt ihre Klientel exzellent. Und dann sagt Albert, ihr Bruder: „Nina, ich weiß es doch, Du möchtest zurück in die Hauptstadt." Er weiß, dass seine

Schwester Berlin liebt. In München kennt jeder jeden. Das kann zuweilen ein Nachteil sein. In München hat Nina einen Bekannten zum Zeitvertreib, der auch noch verheiratet ist. Da hätte ich echt drauf verzichten können, denkt sie sich so, denn jetzt erzählt sie Dir gleich von Friedrich, den alle nur Fiete nennen. Mittlerweile hat sie sich nicht nur an seinen Rufnamen gewöhnt, der Name gefällt ihr richtig gut. Du kennst Fiete bereits aus Erzählungen, liebe Amelie, ihr telefoniert ja regelmäßig. Und vor zehn Wochen, zu Weihnachten, habt ihr euch natürlich gesehen, Nina und Du, zu Hause in München. Was hat sie Dir vorgeschwärmt von ihm.

Ihr sitzt auf Deinem dunkelgrünen Ecksofa, esst Tagliatelle, die hast Du eben mal mit ein bisschen Butter in den Topf geworfen, dazu grünes Pesto, einfach lecker. Weißwein und Wasser. Heute bleibt ihr zu Hause. Der perfekte Freitagabend. Morgen zeigst Du ihr Tübingen und abends besucht ihr ein paar Bars. Das ist der Plan.

Fiete ist 38 Jahre alt, nur vier Jahre älter als Nina. Du denkst an mich, liebe Amelie … und hörst Nina „Männerfront" sagen … Tschuldigung, wie bitte? „Wie sind denn so die Männer in Tübingen?", formuliert Nina die Frage um. Du erzählst ihr heute nichts von Deiner neuen Bekanntschaft, es ist einfach nicht nötig, denkst Du Dir. Du erwähnst kurz Karl, damit Du jemanden erwähnen kannst. Sie weiß ja, dass Du Dich auf die Habilitation konzentrieren möchtest.

Fiete ist Architekt, mal ganz was Neues für Nina. Sie hat eigentlich ein Faible für Ärzte und Anwälte. Es gibt

Architekten ... und es gibt Architekten, lernst Du von Nina. Fiete gehört offensichtlich zur Gruppe derer, die ihren Eltern nicht auf der Tasche liegen, ganz im Gegenteil. Vier-Zimmer-Altbau in der Bleibtreustraße, nicht weit weg von Ninas Praxis, die ihr Albert (1000 Dank, Brüderchen, ich liebe Dich) hingestellt hat. Praktisch. Praktisch, wenn morgens die Wege kurz sind ... und die Libido groß ... jede Minute zählt. Nina hat weiterhin ihre kleine Wohnung am Prenzlauer Berg, da ist sie in letzter Zeit aber sehr selten.

Ihr schlaft aus. Obwohl Du Dein Sofa zur Schlafcouch umfunktionieren kannst: Nina schläft bei Dir im Bett, wie immer.

Es ist elf Uhr, Du hast eben beim Bäcker um die Ecke Schrippen oder Semmeln gekauft. Hier in Tübingen heißen sie Wecken. Kann man sich nicht deutschlandweit auf einen Namen, z. B. Brötchen, einigen? Föderalismus auch bei Backwaren. Etwas mühsam. Dick Nutella drauf. Mit oder ohne Butter? Nutella wird bitte schön MIT Butter gegessen. Ende der Diskussion.

Ihr schlendert durch die Altstadt, blauer Himmel, die Sonne scheint, es ist aber knackig kalt. Ihr kommt beim Jakobusmarkt vorbei. Heute vor einer Woche. Ziemlich genau zur gleichen Zeit. Du siehst die Drillinge im Schatten unterm Vordach beim Kartoffel-Georg liegen und grinst. Felix ist jetzt im Ruhrgebiet. Du hättest Felix jetzt gerne hier bei Dir, denkst Du so. Und Dir gefällt, dass Du diesen Gedanken hast.

Am frühen Nachmittag kehrt ihr beim Bären ein. Ihr senkt den Altersdurchschnitt ungemein. Traditionelle schwäbische Küche. Sehr ordentliche Portionen. Wassermelone-Feta-Salat, Maultaschen (logisch), Knödel mit Pilzragout und dann noch Apfelstrudel mit Vanillesoße. Wenn schon, denn schon.

Jetzt steht ihr zusammen bei Dir im Bad und macht euch ausgehfertig. Aperol geht noch immer, so wie früher zu Studentenzeiten. Uns doch egal, ob der Drink out ist, denkst Du so. Im Laufe der Zeit wurde Espresso Martini ein ziemlicher Konkurrent. Ihr habt euch den zweiten Aperol mit ins Bad genommen.

Du bist 35 Jahre alt, Nina ist ein Jahr jünger. Ihr seht beide fantastisch aus, schlank, sportlich. Ihr seid aber auch beide einfach sehr hübsch. Euch geht's gut. Sehr gut. Auf den Abend. Chin Chin.

Etwas zu essen braucht ihr heute nicht mehr, ihr wart ja im Bären, vielleicht einen kleinen Mitternachtssnack.

Das Nachtleben in Tübingen ist schon sehr – na ja – studentisch geprägt, denkst Du so. Für Nina muss Tübingen die absolute Provinz sein. Du bist jetzt seit acht Monaten hier, warst mal mit der Abteilung in einer Weinbar, mit Karl ein-, zweimal unterwegs.

Was auffällt in Tübingen, ist an vielen Orten der Hauch von Pseudointellektualität, der in der Luft liegt. Germanistikstudenten verfassen unter großem Herzschmerz ihre literarischen Meisterwerke – oder zumindest tun sie so. Menschen, die sich in endlose Diskussionen über Nietzsche vertiefen. Im Café nebenan angehende Philosophen, die ernsthaft darüber debattieren, ob Schrödingers Katze wirklich gleichzeitig tot und lebendig sein kann, während sie ihre veganen Lattes schlürfen. Ein paar Straßen weiter trifft sich eine bunte Mischung aus Literaturwissenschaftlern und Kunststudenten in einer Galerie, um die neuesten avantgardistischen Werke zu bewundern und darüber zu spekulieren, ob sie wirklich eine tiefere Bedeutung haben oder einfach nur zufällige dahingerotzte Farbkleckse sind. In einer Bar am Marktplatz sitzt ein selbsternannter Dichter mit einem schäbigen Notizbuch in der Hand, der versucht, die Essenz des menschlichen Daseins in Versform festzuhalten, während er ab und zu einen Schluck seines zu warmen Chablis nimmt. Überall um ihn herum sind Gespräche über postmoderne Literatur, Existenzialismus und die besten Methoden zur Interpretation von James Joyce im Gange.

Du musst lachen über Deine Gedanken. Das war jetzt vielleicht ein bisschen übertrieben.

Aber gerade die Mischung aus intellektueller Pseudoschwere und kreativer Selbstinszenierung führt zu dieser liebenswerten Absurdität, die die Stadt so charmant und speziell macht, auch für Dich. Ihr sitzt im Liquid Kelter an der Bar. „Ein Ort für Genießer“. Allein dieser Hinweis ist normalerweise ein guter Grund, dort auf keinen Fall hinzugehen. Aber wir sind in Tübingen, liebe Amelie, nicht in München, Hamburg oder Berlin. Ihr trinkt Weinschorle, fasst die Nüsse nicht an und unterhaltet euch.

Nina ist stolz auf Dich, dass Du „so gut wie habilitiert" bist, wie sie sagt. Aus der Amelie wird richtig was. „Meine BFF ist bald eine Frau Professor, wie cool ist das denn? Jetzt fehlt Dir nur noch ein Mann", sagt sie. Aber sie weiß ja, dass das erstmal nicht Dein vornehmliches Thema ist.

Ihr schlendert durch die Altstadt, es ist unglaublich kalt, euch kommen Horden junger Männer entgegen, die gibt es also hier auch. Die Intellektuellen aus Tübingen regen sich ziemlich über diese Zugereisten auf, sie kommen aus Reutlingen, Balingen oder Hechingen, für sie ist Tübingen das Epizentrum des Nachtlebens.

Ninas Rückflug nach Berlin ist am frühen Nachmittag. Es ist kein Verkehr, ihr seid in zwanzig Minuten am Flughafen.

Ihr habt bis kurz vor elf Uhr geschlafen, euch dann im Schlafshirt mit einem Kaffee bei Dir aufs Sofa gesetzt, jeder ein Nutella-Brötchen dazu. Ein schöner Abschluss eures Wochenendes.

Jetzt ziehst Du Deine Laufschuhe an, Du bist ja gestern Vormittag nicht dazu gekommen. Einmal am Neckar entlang und wieder zurück. Und Du rufst Deine Mama an. Ihr seht euch bald. Ostern steht vor der Tür.

Am Abend arbeitest Du weiter an einer wissenschaftlichen Arbeit, Du machst gute Fortschritte ... und Dir macht das wissenschaftliche Arbeiten Spaß. Hätte Dir das jemand vor zwölf Jahren am Gärtnerplatz gesagt. Da hieß es: möglichst unfallfrei durchs Studium kommen.

Du trinkst ein Glas Rosé und liest dann von der Kürze des Lebens. Du bist vorher nicht dazu gekommen. Du kennst Felix noch nicht lange, aber Du weißt, er gibt Dir nicht einfach so ein Buch mit. Seneca ist aber schließlich auch sein Steckenpferd. Felix müsste jetzt auf dem Rückweg von seinem Vater sein.

Neunzehn

Van Beethovens Klavierkonzert Nr. 5 Es-Dur, „The Emperor", ist ein Meisterwerk, es gibt unzählige Einspielungen.

Aber nur eine aus dem Jahr 1964 mit dem Concertgebouw Amsterdam, dirigiert von Bernard Haitink. Am Klavier Claudio Arrau. Unerreicht. Auch nach 65 Jahren. Es braucht auch keiner mehr zu versuchen, das zu toppen. Aussichtsloses Unterfangen.

Es ist wieder Mittwoch, ich nehme Dir den Mantel ab, führe Dich ins Wohnzimmer. Du entspannst Dich im Eames-Sessel, die Nadel senkt sich aufs Vinyl. Heute mal ein Rosé als Begleitung. Ein Traum von Feierabend. Es ist kurz nach achtzehn Uhr, Du bist nach der Klinik nur kurz zu Hause gewesen (Jo Malone nachlegen, wenn Du wüsstest, wie gerne ich jetzt Deinen Hals …), jetzt bist Du bei mir. Wie schön.

Allegro
Adagio un poco moto
Rondo. Allegro

Knappe 40 Minuten lauschen wir jemandem, der selbst nur erahnen konnte, wie seine Musik klingen würde. Traurig und phänomenal zugleich.

Die Zucchini-Eierpfanne ist schnell gemacht. Ich habe sie ein bisschen vorbereitet, bin mittags aus dem Seminar nach Hause gegangen, es ist schließlich vorlesungsfreie Zeit UND: Als Chef darf man das ja wohl noch dürfen. Wir sind ein gutes Team in der Küche (und nicht nur da, hoffe ich). Jetzt sitzen wir an meinem Wohnzimmertisch und Du erzählst mir, dass gestern wissenschaftliche Arbeit Nummer fünf mit Dir als Erstautorin zur Veröffentlichung angenommen wurde. Das ist großartig. Du erklärst mir die Habil.-Ordnung unserer medizinischen Fakultät. Du gehst es strategisch an. Tom hat Dich bereits für Lehrveranstaltungen eingeteilt, ein DFG-Antrag ist gestellt ... es ist alles „aufgegleist" ... wie sehr wir beide dieses Wort hassen.

Ich erzähle von meinem Wochenende bei meinem Vater, mit Tante Irmgard, Gloria und Jasper. Wir waren Samstagabend essen, dort, wo wir auch mit meiner Mama immer hingegangen sind. Das Kalbsschnitzel mit warmen Bratkartoffeln ist erstaunlicherweise weiterhin richtig gut. Wichtiger aber: Meinem Papa geht's gut. Er macht Studienreisen, und einmal im Jahr bin ich mit ihm in Europa auf den Spuren der Römer unterwegs. Moment mal. Nicht nur in Europa. Vor drei Jahren waren wir in Karthago.

Wir wechseln auf mein Sofa, reden über dies und das. Du erzählst mir von Josephine, Deiner süßen Nichte, Du hast sie zuletzt vor fünf Wochen gesehen, sie macht jetzt die ersten Laufversuche, Du bist total vernarrt in sie. Sie ist aber auch süß, Du zeigst mir Fotos. Ich möchte bald wieder hin, denkst Du.

Und Du erzählst mir von Deinem Wochenende mit Nina. Ich habe jetzt – glaube ich – ein ganz gutes Bild von Nina vor mir. „Du wirst dich sehr mit ihr verstehen", sagst Du mir, liebe Amelie. „Du wirst sie mögen. Und sie dich."

Auf dem Rückweg zu Deiner Wohnung – klar bringe ich Dich nach Hause – greifst Du plötzlich meine Hand und lässt sie bis zur Haustür nicht mehr los. Und dann küsst Du mich auf den Mund. „Nächsten Mittwoch dann aber mal bei mir, okay?" Und weg bist Du.

Felix, denke ich mir so auf dem Rückweg zu meiner Wohnung, Felix ... ja, was denke ich eigentlich? Das Leben ist schön. Erst recht in Tübingen.

Scheiße, ich werde im September sechzig.

Zwanzig

Es ist Mitte März und immer noch ziemlich kalt in Tübingen. Ich gehe grundsätzlich zu Fuß ins Seminar. Dreizehn Minuten am Morgen hin, fünfzehn Minuten am Abend zurück (okay, manchmal schon nachmittags). Das tut mir gut. Ich sinniere gerne auf meinem Multy und dort habe ich auch die besten Ideen, aber jetzt denke ich so – es ist Mittwoch, ich bin auf dem Weg zurück in meine Wohnung –, wie wir uns heute Abend wohl begrüßen werden. Heute vor einer Woche haben wir uns auf den Mund geküsst. Falsch. Heute vor einer Woche hast DU MIR auf den Mund geküsst. Es war unerwartet … und wunderschön.

Barfuß, schwarze Leggings, lindgrünes Sweatshirt, so machst Du mir die Tür auf. Wir umarmen uns und küssen uns auf den Mund. Habe ich da gerade Deine Zungenspitze angestupst? Mit meiner Zunge? Und gleich nochmal? Was ist denn mit mir los? Ein wunderbarer Auftakt.

Die Pasta Tartufo schmeckt großartig. Ich habe im Alten Fritz wohl beiläufig erwähnt, dass ich Trüffel sehr mag. Wie aufmerksam von Dir.

Wir sitzen den ganzen Abend auf Deinem Sofa, unterhalten uns über Gott und die Welt.

Und wir küssen uns, so richtig. Und gleich nochmal. Wann habe ich das zuletzt gemacht?

Du bist in Vorbereitung eines Vortrags, den Du auf einem Symposium an der Universitätsklinik Krakau nach Ostern halten wirst. Verarbeitung von Trauma. Wichtiges Thema. Ich frage Dich, ob Du Dich während Deines Aufenthaltes in Krakau einen halben Tag wegstehlen kannst, und schlage Dir einen Ausflug in die deutsche Vergangenheit vor, ins absolute Grauen. Wir vertiefen das Thema nicht.

Du hast Dir zwischenzeitlich Kuschelsocken angezogen, schenkst Wein nach und Wasser.

Dann kommen wir auf den Oman zu sprechen, ein deutlich glücklicheres Thema, oder warum nannten die Römer die südliche Arabische Halbinsel Arabia Felix? Mit ihrem Expeditionskorps im ersten Jahrhundert vor Christus – befohlen von Kaiser Augustus, von wem sonst? – hatten sie allerdings weniger Glück. Das Unterfangen scheiterte.

Vor einigen Jahren hast Du, wie Du sagst, dann endlich den Oman besucht, da wolltest Du immer hin, Deine Großeltern kamen aus dem Schwärmen nicht heraus, wenn sie euch Geschichten aus dem Oman erzählten.

Und noch ein Kuss. Und noch einer.

Und dann sprechen wir über Seneca. MEIN Thema. Du hast die Abhandlung gelesen, Du kennst sie aus der Schule und einige Seneca-Zitate begegnen uns immer mal wieder auf T-Shirts und Tassen.

Was ist der richtige Gebrauch der Lebenszeit? Das muss jeder für sich selbst entscheiden, natürlich, und im Laufe des Lebens sicherlich anpassen.

„Non exiguum temporis habemus, sed multum perdidimus."

Es ist nicht wenig Zeit, die wir haben, sondern es ist viel Zeit, die wir nicht nutzen.

Dass jeder Tag der letzte sein kann, die Endlichkeit des Lebens und die Ungewissheit seiner Dauer vergessen viele. Sie leben, als wären sie unsterblich, und verschieben auf die unsichere Zukunft, für sich selbst zu leben.

Nach Seneca ist das Leben nicht kurz, schlechter Gebrauch macht es dazu.

Die Geschäftigen verlieren ihr Leben auf der Jagd nach der Befriedigung von sinnlichen Begierden oder in Gier und Ehrgeiz. Der Träge nimmt in seiner Tatenlosigkeit den Tod vorweg. Wer in Muße philosophiert, lebt. Meine liebe Amelie, das ist der Beweis, wir leben gerade.

Dieses richtige Leben ist, was auch immer seine Zeitspanne sein mag, lang genug.

Ich verrate Dir ein Geheimnis: Seneca selbst war kein Paradebeispiel seiner Lehre.

In den ersten Jahren der Regierungszeit Neros (Anmerkung des Autors: 54–62 n. Chr.) leitete Seneca als einer der reichsten und mächtigsten Männer zusammen mit Sextus Afranius Burrus die Politik des römischen Weltreichs. Keine Muße, sondern geschäftiges Leben in EXTREMEM Wohlstand. Seneca äußert sich wiederholt in seinen Schriften zu diesem Widerspruch, er sieht sich selbst als jemand, der nach Weisheit strebt und von diesem Ziel entfernt ist.

„Was uns noch zu tun bleibt, ist mehr als was wir bereits hinter uns haben; aber es ist schon ein großer Fortschritt, den Willen zum Fortschritt zu haben. Dieses Bewusstseins darf ich mich rühmen: Ich will und will mit ganzer Seele." (Briefe an Lucilius 71)

Das Auseinanderklaffen von Lehre und Leben Senecas ändert nichts an der Richtigkeit seiner Mahnungen. Es beweist nur, wie schwer es ist, gut zu leben. Es ist wirklich sehr schwer, denken wir beide uns gleichzeitig, ohne es auszusprechen.

Darauf noch ein kleines Glas Wein.

Was für ein schöner Abend, denke ich mir, als ich in mein Bett falle. Der kurze Weg durch die Tübinger Kälte war erfrischend. Ich glaube, Amelie könnte tatsächlich meine Freundin werden. Oder ist sie das schon? Wer legt sowas fest? Mit diesem Gedanken und einem Grinsen im Gesicht schlafe ich schnell ein.

Einundzwanzig

Großraum München, Ostern 2029

Über Ostern bist Du bei Deiner Familie in Bayern, liebe Amelie. Du wirst u. a. als Tante gebraucht.

Jetzt sitzt Du mit Deiner Mama in ihrem Haus am See. Sie sieht, dass Du glücklich bist. Sie fragt Dich nicht aus, Du erzählst. Dass Tübingen absolut die richtige Entscheidung, dass Dein Chef ein Schatz ist. Und Du erzählst von mir. Und Du kommst auf mein Alter zu sprechen. Wenn jemand weiß, was Dir so durch den Kopf geht, dann ist es Deine Mama. Sie nimmt Dich lange in den Arm und drückt Dich ganz fest.

Du liegst abends in Deinem ehemaligen Kinderzimmer im Bett (Mit einem Meter vierzig Breite würdest Du jetzt nicht mehr klarkommen, denkst Du. Was bist Du früher durch dieses Bett geturnt!) und denkst so vor Dich hin ...

Wir kennen uns jetzt erst ein bisschen länger als zwei Monate. Und haben dennoch bereits eine ganz außergewöhnliche Verbindung zueinander aufgebaut. Dir ist klar, dass zwischen uns fast ein Vierteljahrhundert Altersunterschied liegt. Du spürst aber, dass mit jedem Tag, an dem wir uns sehen, unsere gegenseitige Zuneigung größer wird. Klar sind unsere Lebenserfahrungen und Perspektiven unterschiedlich, denkst Du, aber genau das macht unsere Verbindung – nein, Du sagst Beziehung – so bereichernd. Ich bringe eine Gelassenheit mit (wirklich?), die Dich inspiriert und Dich dazu bringt, die Welt aus einer anderen Perspektive zu betrachten. Die Zukunft?

Du siehst uns gemeinsam wachsen, lernen und uns gegenseitig unterstützen. Du kannst Dir sogar eine Zukunft vorstellen, in der wir eine Familie gründen. Du träumst davon, Mutter zu werden, und siehst mich als einen liebevollen und fürsorglichen Vater (das behältst Du aber erstmal für Dich).

Natürlich gibt es Herausforderungen, die wir gemeinsam meistern müssen, aber Du glaubst fest daran, dass die Liebe stark genug ist, um uns durch alles hindurchzutragen. Solange wir uns haben, bist Du zuversichtlich, dass wir alles überwinden können, egal was die Zukunft bringt.

Am nächsten Morgen – es ist Ostersonntag, der 1. April – trefft ihr euch traditionell zum Brunch. Nina wäre normalerweise mit dabei, sie ist aber mit Fiete in Kopenhagen, Freunde von Fiete besuchen. Du bist sicher, Fiete ist der Richtige für Nina, obwohl Du ihn noch nicht getroffen hast. Du siehst es in ihren Augen, wenn sie von ihm spricht. Du wirst bald nach Berlin kommen und ihn kennenlernen, hast Du Nina in Tübingen versprochen. Und Du wirst Jörn besuchen, Deinen ehemaligen Berliner Chef, dem Du viel zu verdanken hast.

Zweiundzwanzig

Tübingen, bei mir zu Hause, Ostern 2029
und das Wochenende danach

Ich bleibe über Ostern zu Hause und sitze an einem wissenschaftlichen Aufsatz. Ich würde Dich so gerne gleich am Ostermontag abends in meine Arme schließen, liebe Amelie. Ich habe Sehnsucht nach Dir, ja, das habe ich, im positiven Sinne des Wortes. Du machst Dich nach dem Familienbrunch gegen sechzehn Uhr auf den Weg zurück nach Tübingen. Ich muss allerdings am Ostermontag bereits nachmittags den Zug nach Zürich nehmen. Ich bin externer Referent in einem Oberseminar der Abteilung Lateinische Philologie an der Universität Zürich, und mein Amtskollege, den ich gut kenne, sagte am Telefon: „Felix, komm' doch am Montagabend zum Essen vorbei, Maria hat dich ja seit Ewigkeiten nicht mehr gesehen."

Wir können uns also erst für Freitagabend verabreden, liebe Amelie, das haben wir bereits letzte Woche ausgemacht. Ich habe fürs gesamte Wochenende keine weiteren Termine vereinbart. Sicher ist sicher.

Jetzt sitzen wir zusammen bei mir im Wohnzimmer. Du siehst mal wieder fantastisch aus. Ganz in Schwarz, ich liebe das an Dir. Du sagst, es ist Deine Winteruniform. Ich bin auf die Metamorphose im Frühling und Sommer gespannt.

Für den morgigen Samstag lade ich Dich ins Antiquariat Heckenhauer am Holzmarkt ein. Hier trat Hermann Hesse 1895 seine Lehre als Buchhändler an und begann, sich intensiv der Literatur zu widmen. Am Ende seiner Lehrzeit veröffentlichte Hesse seine ersten Gedichte, die Romantischen Lieder, und legte damit das Fundament für seinen späteren Weltruhm als Schriftsteller.

In einem Teil der Räume des Antiquariats befindet sich das Hesse-Kabinett. Und genau da möchte ich mit Dir hin. Besondere Attraktion ist die über 150 Jahre alte Wendeltreppe.

Jetzt stehen wir in meiner Küche und trinken ein Gläschen Gavi di Gavi.

Bunte Tomaten in unterschiedlichen Größen, Fetakäse, Baguette, alles in kleine Stücke schneiden und ab in die Auflaufform. Das habe ich eben gemacht, dauert fünf Minuten. Jetzt Oliven dazu, schwarze und grüne (welche isst Du lieber?), Basilikum, Zitrone, Olivenöl, Salz, bisschen Zucker und – wichtig – Pfeffer. Zwanzig Minuten in den Ofen, fertig. Italien in Tübingen. Buona serrata. Der Frühling kann kommen.

Ich erzähle Dir von einem ehemaligen Coiffeur-Salon in Zürich, in dem ich diese Woche nach längerer Zeit mal wieder war, mit meinem Freund Bernhard, meinem Lateinkollegen aus Zürich. Maria, seine Frau, sagte: „Geht mal allein, ihr habt sicher einiges zu bequatschen."

Grünes Saffianleder bespannt die Sitzpolster, und Mahagoniholz verkleidet die Decke. Zum Glück werden hier keine Haare mehr frisiert. Der ehemalige Coiffeur-Salon beherbergt seit fast fünfundsechzig Jahren eine Bar, für viele DIE Bar, und sie gehört zu einer Institution nebenan, der Kronenhalle.

Erst einen Apéro an der Bar und dann nebenan speisen unter alten Meistern. Teurer als ein Museumsbesuch, aber auch lohnender, sagen viele.

Punkt sieben der Gastordnung besagt: „Zapfengeld – In der Kronenhalle ist es nicht erlaubt, Weine und andere Getränke zur Verkostung mitzubringen." Ich liebe die Kronenhalle.

Es ist jetzt fast Mitternacht, Du stehst im Türrahmen und fragst mich nach einem T-Shirt. „Du möchtest doch jetzt nicht mehr raus in die Kälte, um mich bis zu meiner Haustür begleiten", sagst Du. Wie Recht Du hast, Du bist so fürsorglich, liebe Amelie ... und verschwindest im Bad.

In der ersten Nacht an einem unbekannten Ort schlafen viele Menschen schlecht. Forscher haben sogar eine mögliche Erklärung parat: Eine Hirnhälfte schläft weniger tief und bleibt somit wachsamer. Auf diese Weise können wir schneller reagieren, sofern eine Gefahr droht. Mein Schlafzimmer ist für Dein Gehirn offenbar keine Gefahrenzone. Bin ich so harmlos? Ich muss grinsen.

Du schläfst tief und fest, atmest ganz gleichmäßig und ruhig, hast Dich seitlich vor mich gekuschelt. Ich bin eben aufgewacht und schaue Dir einfach nur beim Schlafen zu. Dann küsse ich Deinen Hals. Und nochmal, und nochmal ... und fahre Deinen Hals mit meiner Zunge entlang.

Du wirst wach, räkelst Dich … und drückst Dich noch fester an mich. Die Nacht endet, wie sie angefangen hat. Einfach großartig.

Wir spazieren in Richtung Antiquariat. Es ist kurz vor elf Uhr. Du warst kurz zu Hause, Dich frisch machen, rein in ein paar neue Klamotten. Ich habe Dich dann abgeholt. Eben bei mir haben wir ein paar Croissants gegessen, die ich schnell aufgebacken habe. Dazu einen Cappuccino.

Wir stöbern jetzt im Antiquariat Heckenhauer herum – 1823 in Tübingen gegründet, ist es eines der ältesten Antiquariate Deutschlands, seit 1880 in Familienbesitz – und bahnen uns einen Weg zum Hesse-Kabinett im ersten Stock des Hauses.

Zum Glück war der junge Hermann als Mechaniker-Lehrling gescheitert, so dass er 1895 zu Heckenhauer kam. Das Bücherlager ist sehr beeindruckend. Und die Wendeltreppe genauso. Leider ist sie nicht begehbar. In Tübingen entstanden erste literarische Gehversuche Hesses, so z. B. „Romantische Lieder".

Wir schaffen es noch locker auf den Jakobusmarkt. Genau heute vor sechs Wochen, ziemlich zur gleichen Uhrzeit, liebe Amelie, hast Du mir beim Kartoffel-Georg ins Ohr gesprochen. Jetzt brauchen wir keine Drillinge, sondern Baby-Kartoffeln, Georg hat sie natürlich. Dann Erbsen, ein paar Zweige frisches Basilikum. Grünes Pesto habe ich zu Hause. Und 400 Gramm Lammhüfte. Das wird unser Abendessen.

Bei Dir haben wir einen Kaffee getrunken, uns aufgewärmt ... und Du hast ein paar Sachen in Deinen Weekender geworfen, Du bleibst heute bei mir. Jetzt arbeitest Du an Deinem Vortrag für Krakau am nächsten Wochenende, ich lese einen Aufsatz zu Ende, dann hören wir Mahlers VIII. Symphonie, für Mahler selbst sein „opus summum", und kuscheln auf dem Sofa.

Die Uraufführung fand 1910 in München statt. Unter den 3000 Zuhörern befanden sich viele bekannte Komponisten, Dirigenten und Schriftsteller, so auch Thomas Mann, der nach der Aufführung ein hymnisches Dankschreiben an Mahler verfasste. Ein Moment der Stille nach dem Schlussakkord und anschließend nicht endender Jubel der zahlreichen Zuhörenden und Aufführenden, der volle zwanzig Minuten anhielt, rief Mahler immer wieder heraus.

Vor dem Poco Adagio, das den zweiten Teil der Symphonie eröffnet, löse ich mich (sehr ungern) aus Deiner Umklammerung und öffne (sehr gern) einen Pinot Grigio, und habe dabei gar kein schlechtes Gewissen. Welch' ein schöner Nachmittag.

Du begibst Dich wieder an Deine Krakau-Vorbereitungen, ich bringe einen Topf mit Salzwasser zum Kochen. Ich lasse die Baby-Kartoffeln etwa fünfzehn Minuten darin weichkochen, für die letzten drei Minuten gebe ich die Erbsen ebenfalls in den Topf. In der Zwischenzeit schenke ich uns Wein nach und würze das Lamm mit Olivenöl, Salz und Pfeffer. Dann brate ich das Lamm bei mittlerer Hitze für zehn Minuten in einer Pfanne und wende es regelmäßig. Ich nehme das Lammfleisch aus der Pfanne, parke es auf einem Teller und fülle etwas Wasser sowie einen kleinen Schluck Rotweinessig in die heiße Pfanne. Die Flüssigkeit lasse ich dann eindünsten. Jetzt kommen die Baby-Kartoffeln und die Erbsen in die heiße Pfanne. Nun noch das frische Basilikum und das grüne Pesto unterrühren. Fertig. Ich schneide das Lammfleisch in feine Streifen und richte es mit dem Gemüse auf einem Teller an. Mit den restlichen Basilikumblättern verziere ich mein Werk. Wir schauen uns verliebt an. Fürs Dessert begeben wir uns ins Schlafzimmer.

Dreiundzwanzig

Die Woche ist bei mir geprägt von Vorbereitungen für das Sommersemester, das in der nächsten Woche startet. Das Sommersemester ist mit durchschnittlich dreizehn Wochen richtig kurz, es muss alles sorgfältig geplant werden, vor allem, weil wir in diesem Semester zwei neue Seminare anbieten wollen. Und dann – ich hatte das vor zwei Jahren dem Dekan bereits angekündigt – möchte ich mich gleich nach Semesterende auf den Weg in die Toskana machen und erst kurz vor Beginn des Wintersemesters Mitte Oktober zurückkehren. Es handelt sich streng genommen nicht um ein Sabbatical, ich nutze „nur" die vorlesungsfreie Zeit maximal aus. Dir, liebe Amelie, habe ich das bereits Ende Februar – vor unserem ersten Kuss – gesagt. Und Du hast mich trotzdem geküsst. Du wirst mich besuchen kommen, hast Du gesagt. Wie schön. Ich möchte die Zeit nutzen, um an meinem Buch weiterzuarbeiten, und ich finde, nach dreizehn Jahren als Ordinarius habe ich mir das auch verdient.

Und jetzt überraschst Du mich – es ist wieder Mittwoch, es ist IMMER Mittwoch bei uns – mit wunderbaren Neuigkeiten.

Wir sitzen bei Dir, es ist halb sieben, ich bin aus dem Seminar gleich zu Dir gekommen, Du bist gerade aus der Dusche raus, den Klinikalltag abwaschen, nasse Haare, barfuß, Bademantel. Du machst Dir einen Zopf und sagst: „Sechs Wochen Jahresurlaub + sechs Wochen Tom-Spezial-Forschungsfrei-Urlaub = zwölf Wochen Toskana. Wie klingt das? Tom sagt, ich muss aber mit zwei fertigen Artikeln wiederkommen. Er wünscht uns viel Spaß."

Mir laufen die Tränen aus den Augen. Vor Freude. Ich habe mir auch schon überlegt, wie es wohl werden würde, so lange ohne Dich zu sein. Ich werde Tom in mein Nachtgebet einschließen. Ich weine noch immer. Du küsst mir die Tränen weg und lässt Deinen Bademantel zu Boden fallen. Du hast keinen Slip an.

Vierundzwanzig

Freitag, 13. April 2029, Krakau

Es ist Freitag, Du bist heute Morgen mit dem Zug zum Frankfurter Flughafen gefahren und dann nach Krakau geflogen. Das Symposium beginnt heute Mittag. Du hast heute Nachmittag einen Vortrag und dann morgen Abend noch eine Podiumsdiskussion. Am Sonntag geht's zurück zu mir.

Jetzt sitzt Du nach dem ersten Kongresstag mit ein paar anderen Tagungsteilnehmern im Bonerowsky Palace, dem Tagungshotel – hier übernachtest Du auch – an der Bar und trinkst einen Espresso Martini. Den hast Du Dir wirklich verdient. Dein Vortrag ist sehr gut gelaufen, Du bist hochzufrieden. Und du hast mir das eben geschrieben, als Du nach Programmende kurz auf dem Zimmer warst, um Dich frisch zu machen. Ich freue mich sehr, bin stolz auf Dich. Gleich startet euer Referentenessen, in einem Traditionsrestaurant gleich um die Ecke.

Die Lage des Bonerowsky ist großartig, es liegt mitten in der Altstadt.

Bigos gilt als polnisches Nationalgericht. Und das hast Du natürlich gegessen. Es handelt sich dabei um ein Schmorgericht, das mit Schweinefleisch, Sauerkraut und Pilzen hergestellt wird. Du hast den Eindruck, die Küche in Krakau ist deftig und fleischlastig. Und Du hast recht.

Das merkst Du, als Du abends im Bett liegst. Es war sehr lecker, aber Du fühlst Dich mindestens drei Kilogramm schwerer.

Du denkst an mich und wie wunderschön das letzte Wochenende war. Seit Juni letzten Jahres warst Du mit keinem Mann mehr zusammen, das war die längste männerlose Zeit seit Andrea, dem Jungen mit den braunen Augen. Und das ist zwanzig Jahre her. Das hört sich schlimm an, denkst Du Dir. Zwanzig Jahre! Und auch nach fast zwanzig Jahren machst Du zum ersten Mal in Deinem Leben eine Pillenpause. Und Du fühlst Dich gut damit. Seitdem Du in Tübingen bist, lässt Du die Pille weg. Du hast sie früher oft monatelang durchgenommen, um erst gar keine Periode zu bekommen. Du möchtest auch testen, wie schnell sich Dein Zyklus wieder normalisiert. Es dauert ja ca. sechs Wochen, bis die Hormone aus dem Körper sind. Das ging aber schnell. Du hast keine Probleme.

Aber Moment mal. Jetzt hast Du doch wieder einen Freund, oder nicht? Ja, klar habe ich einen Freund, denkst Du Dir. Und was für einen. So ganz anders, aber einfach auch ganz wunderbar. Den gibst Du nicht mehr her. Am letzten Wochenende warst Du gerade ganz zu Beginn Deines Zyklus, also alles gut. Über mehr möchtest Du jetzt nicht nachdenken. Du schläfst sofort ein.

Fünfundzwanzig

Du läufst die endlos langen Reihen der Lagergebäude ab, in denen Häftlinge unter den menschenunwürdigsten Umständen schlafen. Du stehst auf der Rampe, auf der die Selektion der Gefangenen stattfindet, die mit den Zügen aus ganz Europa angeschleppt werden. Innerhalb von kürzester Zeit entscheiden hier SS-Offiziere, wer direkt in die Gaskammer geführt wird oder wer zu den (knapp ein Viertel) Gefangenen gehört, die zur Zwangsarbeit abgestellt werden, um dann meist kurze Zeit später an Entkräftung, Folter oder anderem zu sterben.

Du siehst den Block, in dem Dr. Mengele seine sadistischen medizinischen Experimente durchführt, und den Komplex, in dem die Habseligkeiten der vergasten Menschen sortiert werden. Und Du stehst stumm in den Gaskammern und Krematorien und kannst nicht fassen, was da für Bestien am Werk sind.

Du lässt Dich emotional und körperlich auf das Unfassbare ein. Ich liebe Dich dafür, meine liebe Amelie.

Am Nachmittag kehrst Du aus Auschwitz-Birkenau zurück, sitzt im Vortragsraum des Bonerowsky, hast einen Milchkaffee vor Dir stehen und wirst gleich auf der Bühne zum Thema Traumaverarbeitung diskutieren. Du legst einen souveränen Auftritt hin.

Am Abend noch ein weiteres Abendessen, Du gehst früh schlafen. Du hast es geschafft. Und Du bist geschafft.

Am Sonntag fliegst Du über Wien zurück nach Stuttgart, die Verbindung ist deutlich günstiger als der Direktflug nach Frankfurt. Schon komisch, wie Fluggesellschaften kalkulieren. Vorteil für Dich. Du musst Dich in Frankfurt nicht in einen Zug setzen.

Am Nachmittag rufst Du Heinrich an, Deinen ehemaligen Vermieter (wie das klingt?!) und väterlichen Freund. Es gibt viel zu erzählen. Und ja, Du erzählst auch, dass Du jemanden kennengelernt hast.

Jetzt kuscheln wir bei Dir auf dem Sofa. Du hast mich eingeladen, abends noch vorbeizukommen. Ich habe es ein bisschen gehofft, Du musst aber ziemlich platt sein. Wir essen Hühnersuppe, die ich am Wochenende für mich gemacht und jetzt mitgebracht habe. Wir sprechen über Bigos ... und über die Konzentrationslager. Du schläfst ein. In meinem Arm auf dem Sofa. Ich schaue Dir zwei Stunden lang zu, ich kann das ewig machen. Es gibt nichts Schöneres für mich. Was Du wohl gerade träumst? Dann wirst Du wach. Ich bringe Dich ins Bett. Ich gebe Dir einen Gute-Nacht-Kuss. Und gehe bei mir zu Hause auch gleich schlafen.

Sechsundzwanzig

Seit eurem gemeinsamen Wochenende in Lissabon seid ihr ein Herz und eine Seele. Ludwig ist einfach Dein Traummann. Wie ein Sechser im Lotto. Mit Zusatzzahl. Unter der Woche ist er sehr viel unterwegs, nicht nur in Deutschland, sondern in ganz Europa. Donnerstags kehrt er nach Hamburg zurück.

Ihr verbringt jedes Wochenende zusammen, sofern keine dienstlichen Gründe entgegenstehen. Zum Glück hast Du bei der Bundeswehr geregelte Dienstzeiten mit wenig Wochenenddiensten. Ihr habt in Lissabon, wenn man ehrlich ist, den zweiten und auch dritten Schritt vor dem ersten gemacht, nutzt jetzt also erstmal die Zeit, um euch kennenzulernen.

Ludwig hat ein Jahr in München studiert. Da warst Du aber noch Schülerin, eine Begegnung damit so gut wie ausgeschlossen. Ludwig ist dann nach Hamburg auf die Bucerius Law School gewechselt, seine Eltern kommen aus Hamburg, dort hat Ludwig am Christianeum in Eppendorf Abitur gemacht. Sein Freundeskreis, den Du diesen Sommer kennenlernst, besteht aus Unternehmensberatern, Juristen und ein paar BWLern.

Jetzt ist es Donnerstag, siebzehn Uhr, Du bist nach dem Dienst schnell zurück in die Erikastraße geeilt. Du

musst Dich jetzt konzentrieren, hast wenig Zeit. Ab achtzehn Uhr bist Du nämlich im Anglo-German Club am
Harvestehuder Weg auf einer Veranstaltung. Der Präsi-
dent des Clubs lädt seine Mitglieder inkl. Begleitung zu
einem Vortrag des Generalinspekteurs der Bundeswehr
ein. Ludwig ist seit einiger Zeit Mitglied im Club, und
Du bist seine Begleitung. Und Du ziehst Deine schicke
dunkelblaue Ausgehuniform an. Und Du siehst fantastisch aus. Der Titel des Vortrags lautet „Die sicherheits-
politischen Herausforderungen für Deutschland und die
Bundeswehr in der Zeitenwende". Das Essen kann sich
ebenfalls sehen lassen: Lachs-Tataki an Avocado-Crème,
Wildkräutersalat und Kartoffelstroh • Lammrücken mit
Pinienkernkruste, Rosmarinvelouté, buntes Bohnenge-
müse und Schupfnudeln • Tonkabohnen-Parfait, Nou-
gat- und Gewürzcrunch an Beerensauce. Dazu Aperitif,
Tischwein, Wasser und Café.

Nach dem Vortrag hast Du kurz Gelegenheit, mit dem
Generalinspekteur zu sprechen. Es sind heute Abend
nicht viele Teilnehmer in Uniform anwesend. Abgese-
hen davon, dass Du, liebe Amelie, als Person eh auffällst,
fällst Du heute Abend natürlich besonders auf, weil Du
in Uniform erschienen bist.

Du bedankst Dich für den hervorragenden Vortrag,
Du meinst es auch so. Der Generalinspekteur fragt nach
Deiner aktuellen Verwendung. Wenn er wüsste, dass
Ludwig nicht gedient hat.

Über den Sommer hinweg triffst Du Dich auch ein, zweimal mit Heinrich, Deinem Vermieter, auf einen Kaffee.
Da Clementine, seine Tochter, ja in Gütersloh lebt und
seine Frau vor einigen Jahren verstorben ist, hast Du

den Eindruck, dass er nicht so viele soziale Kontakte hat und Dich ein bisschen als Tochterersatz sieht. Du sagst im Scherz zu Ludwig, dass er dann ja auch ein bisschen die Miete reduzieren könne.

Du hast auch schon einige Lieblingsrestaurants in Hamburg. Unter anderem das Henny's in Winterhude. Da versucht ihr, Ludwig und Du, zumindest alle sechs Wochen hinzugehen, mit Freunden oder allein.

Dein bisheriger Favorit ist aber das Café Paris in der Innenstadt, ein großartiges Café/Restaurant mit französischem Bistroflair. Es gefällt Dir dort zu jeder Tageszeit.

Deine Schwester Tilda und ihr Freund Mats haben Dich jetzt schon zweimal in Hamburg besucht. Und natürlich Nina. Sie haben alle auch Ludwig kennengelernt und freuen sich für Dich, dass Du so glücklich bist. Dir gefällt Hamburg als Stadt immer besser. Das liegt natürlich nicht nur an Deinen Freunden, den lieben Kollegen in der Klinik und der Attraktivität der Stadt, sondern insbesondere an Ludwig. Du hast mittlerweile seine Eltern kennengelernt, sie residieren in einer Stadtvilla in der Agnesstraße, Ludwig wohnt in einer gemieteten Altbauwohnung im Jungfrauenthal in der Nähe des Klostersterns.

Ende August seid ihr eine Woche zusammen auf Sylt. Das bekommt ihr zeitlich hin. Als ihr euch kennengelernt habt, ist Dein Urlaub fürs Jahr bereits geplant. Natürlich ohne Ludwig, den gab's ja gar nicht. Mit Nina wirst Du im November drei Wochen auf Bali sein. Darauf freust Du Dich weiterhin sehr. Du weißt, es wird Dir schwerfallen, drei Wochen ohne Ludwig zu sein. Aber Nina und Du, ihr habt seit Jahren vor, mal zusammen nach Asien zu fliegen, und dieses Jahr klappt es.

Sylt – Heimat der Reichen, teuer, versnobt, überlaufen. Champagnerkorken hier, exklusive Boutiquen da. Für Dich war Sylt jahrelang mit Vorurteilen versehen.

Und jetzt bist Du mit Ludwig auf Sylt, und es ist ganz wunderbar. Das Wetter spielt mit, was natürlich immer hilfreich ist. Ihr übernachtet im Severin's Resort in Keitum, seid tagsüber am Strand, macht auch mal eine Rad tour und abends geht ihr essen, auch einen Abend in die Sansibar, danach ins Gogärtchen.

Kaum zurück in Hamburg musst Du für zwei Wochen zu einer Weiterbildung nach Berlin. An fast jedem dienstfreien Abend triffst Du Dich mit Nina. Ludwig kommt Dich am Wochenende in Berlin besuchen.

Zum Glück ist bis Jahresende keine weitere Dienstreise vorgesehen. Du freust Dich, in Hamburg und bei Ludwig zu sein. Und Du freust Dich natürlich auf die lang geplante Reise mit Nina, die jetzt bald ansteht.

Siebenundzwanzig

Bali, November 2025

Ihr steht im Affenwald von Ubud. Er befindet sich mitten in der Stadt. Gegenüber dem Palast, in dem der letzte Fürst von Ubu, Tjokorda Gde Agung Sukawati, lebte, steht der Tempel Pura Majaran Agung, der Privattempel der in Ubud residierenden balinesischen Fürstenfamilie. Sein mit Steinmetzarbeiten reich verziertes Eingangstor gilt als eines der schönsten ganz Balis.

Ihr seid jetzt seit vier Tagen auf Bali und habt euch für die ersten fünf Tage ins Alila Ubud eingebucht. Nina ist zum ersten Mal auf Bali, Du warst während des Studiums schon einige Male hier.

Gestern wart ihr bei den Tegalalang-Reisterrassen, sie sind nur eine halbe Stunde von Ubud entfernt. Ihr seid vor Sonnenaufgang losgefahren. Der Moment, wenn das erste Sonnenlicht durch den dichten Dschungel dringt, ist großartig. Und ihr seid natürlich über die Reisterrassen geschaukelt und habt eine Kaffeeplantage besucht. Dort habt ihr Luwak probiert, hergestellt aus Kaffeebohnen, die – na ja – durch den Verdauungstrakt der Zibetkatzen gelangt sind! Daran darf man nicht denken, wenn man Luwak trinkt, dann schmeckt der Kaffee ziemlich gut.

In der zweiten Woche seid ihr für drei Tage nach Seminyak umgezogen, ins W Bali. Ein bisschen Party und internationales Publikum – viele Australier, Cairns ist nur knapp fünf Flugstunden entfernt – muss sein. Tagsüber Liegebett im Schatten (Du cremst Dich selbstverständlich ein, Nina liegt neben Dir). Der Strand ist klasse. Störend sind einzig zu bestimmten Zeiten die angeschwemmten Plastikteile aus dem Rest der Welt. Trotz aller Mühe vor Ort, daran etwas zu ändern, wird durch die Strömungen immer wieder Müll aus anderen Regionen in Richtung schönster Strände getragen. Wirklich Mist.

Abends seid ihr dann im Potato Head, Leute schauen. Du magst die Open-Air-Lounge/Bar/Restaurant/Club ... ja, was ist es eigentlich? Es ist alles zusammen, und sehr gut.

Und dann gönnt ihr euch zehn Tage Ruhe im Grand Hyatt in Nusa Dua. Kein Remmidemmi, gediegener Strandurlaub, Yoga, viel Lesen. Schwimmen. Im Schatten liegen. EINCREMEN. Du vermisst Ludwig. Gerade jetzt ist es schlimm. Was er wohl gerade macht? In der nächsten Woche wirst Du ihn wieder in Deine Arme schließen.

Ihr lauft einen knappen Kilometer am Stand entlang zum Waterblow. Man muss ein bisschen Geduld mitbringen (die habt ihr). Je nach Wetter und Wellengang schießt das Wasser hier an den Felsen bis zu 30 Meter hoch. Ein wirkliches Schauspiel. Danach nichts wie zurück an den Pool, erstmal Ausruhen nach dieser Anstrengung.

An einem Abend lasst ihr euch zur Rock Bar Bali fahren. Cocktails und ein grandioser Sonnenuntergang.

Und so vergehen wunderbare Tage auf Bali, und Du bist sehr froh, dass Du diesen Urlaub mit Nina gemacht hast.

Achtundzwanzig

Du hast Nina jetzt knapp sieben Wochen nicht gesehen. Ein Ding der Unmöglichkeit, denkst Du Dir. Natürlich wart ihr über Weihnachten beide in München bei euren Familien, und natürlich gab es dort ein Treffen, und dann noch eins, zwischen den Jahren.

Jetzt seht ihr euch in ein paar Tagen in Hamburg. Wie schön. Nina kommt am Freitagnachmittag mit dem Zug aus Berlin und bleibt bis Sonntagmittag. Sie schläft bei Dir in der Erikastraße. Du bist an den Wochenenden normalerweise im Jungfrauenthal bei Ludwig. Aber dieses Wochenende übernachtest Du natürlich in Deiner Wohnung.

Am Freitag macht ihr einen Mädelsabend, am Samstag geht ihr zu viert aus, Ludwig bringt seinen besten Freund Julius mit, den Du natürlich mittlerweile auch gut kennst. Er ist Associate Partner bei einer großen amerikanischen Kanzlei, Ludwig und Julius kennen sich seit ihrer gemeinsamen Schulzeit auf dem Christianeum. Und Julius war es auch, der mit Ludwig im VinoVibes in Winterhude war. Das ist jetzt knapp zehn Monate her. Vier Wochen später warst Du mit Ludwig in Lissabon und seitdem seid ihr zusammen.

Nina geht es sehr gut. Ihr macht die Arbeit in Berlin großen Spaß, sie ist jetzt im letzten Jahr der Facharztausbildung und plant so wie Du, im nächsten Frühjahr die Facharztprüfung zu absolvieren. Einen Partner hat sie zurzeit nicht, aber das macht ihr gar nichts aus.

Am Freitag wart ihr in „Deinem" Café Paris, danach noch in der Bar le Lion. Du genießt diese Zeit mit Nina sehr. Nina ist Dir so wichtig. Längst nicht jeder hat eine beste Freundin oder einen besten Freund.

Am Samstagabend hat Nina Julius kennengelernt. Ihr habt ausgeschlafen, seid dann durch Eppendorf flaniert. Und nachmittags habt ihr euch zu viert bei Ludwig im Jungfrauenthal getroffen und erstmal ein oder zwei Flaschen Rosé – einer Deiner Favoriten ist Whispering Angel und den hat Ludwig natürlich besorgt – geleert. Dann wart ihr im Henny's zum Sushiessen. Und auch da ging's weiter mit Rosé. Nina hat sich an dem Abend prächtig mit Julius verstanden.

Als Du Nina am Sonntagmittag zum Zug bringst, vereinbart ihr, euch ganz bald, diesmal in Berlin, zu treffen.

Du verbringst den Nachmittag und Abend mit Ludwig im Bett. Und die Nacht sowieso.

Neunundzwanzig

Hamburg, Adventszeit 2026

Du hast ein großartiges Jahr mit Ludwig in Hamburg. Ihr versteht euch weiterhin blendend, Ludwig ist viel auf Reisen, oft in Berlin, aber auch schonmal im europäischen Ausland unterwegs. Du vermisst ihn dann immer sehr, aber am Donnerstagabend, spätestens Freitagmittag ist er zurück. Und dann seid ihr am Wochenende unzertrennlich und könnt nicht genug voneinander bekommen. Sein Freundeskreis hat Dich nicht nur akzeptiert, seine Freunde finden Dich klasse. Im Sommer wart ihr zwei Wochen auf Kreta, ihr habt euch ein Haus mit Pool gebucht, westlich von Heraklion, mit Meerblick, zur nächsten Bucht mit kleinem Sandstrand sind's zehn Minuten zu Fuß bergab. Ihr habt nicht großartig die Insel besichtigt, ihr wart einmal in Heraklion in der Altstadt und natürlich im Palast von Knossos, das muss sein. Ansonsten führten euch kurze Autofahrten – ihr hattet die gesamte Zeit einen Audi A 4 zur Verfügung – zum Supermarkt, zur Bäckerei und in die kleine Nachbarbucht zum Abendessen.

Im Herbst hast Du angefangen, Dich neben Deiner Arbeit in der Klinik auf Deine Facharztprüfung vorzubereiten. Diese planst Du für das nächste Frühjahr. Psychiatrie ist ein großes Fach, Du hast Dir einen Lernplan aufgestellt und gehst streng danach vor. Und Du bist zufrieden mit Deiner Vorbereitung, Du triffst Dich regelmäßig mit einem Kollegen aus Deiner Abteilung zur Durchsprache. Der Kollege hat ebenfalls die Facharztprüfung im nächsten Frühjahr im Blick.

Du telefonierst weiterhin unregelmäßig mit Florian, Deiner Milchmädchen-Bekanntschaft. Ohne ihn hättest Du Ludwig nicht kennengelernt. Dafür bist Du ihm dankbar.

Und jetzt erzählt er Dir kurz vor Weihnachten, dass er eine Freundin hat. Bereits seit drei Monaten. Du bist mindestens so froh wie Florian. Marie heißt sie, sie ist Anwältin wie er, sie haben sich beim Joggen kennengelernt. Und sie haben beschlossen, sich zu Weihnachten gegenseitig ihren Eltern vorzustellen. Wie schön.

Apropos Weihnachten: Du bist wie immer zu Hause in Bayern, triffst Dich mit Deiner Familie und natürlich auch Nina.

Dreißig

„Sie werden als psychiatrische Konsiliaria auf eine internistische Station gebeten, wo Ihnen berichtet wird, dass die etwa 70-jährige Patientin an einer Depression leiden würde. Was tun sie?"

Du beantwortest auch die letzte Frage souverän. Die beiden Prüfer bitten Dich, kurz den Raum zu verlassen, holen Dich dann aber schnell wieder herein. Herzlichen Glückwunsch zur bestandenen Facharztprüfung. Du fällst vor der Tür Ludwig in die Arme. Er hat sich den Tag freigenommen, um vor Ort die Daumen zu drücken. Und es hat geholfen. Es ist Mittag, jetzt erstmal ab ins Gallo Nero. Das hast Du Dir verdient. Aus dem Taxi rufst Du Deine Mama und Nina an. Nina steht ihre Prüfung in Berlin noch bevor. In zwei Wochen ist es so weit. Auch sie ist exzellent vorbereitet und wird es schaffen. Die Urkunde, die Dir bald zugeschickt werden wird, reichst Du beim Bundesamt für das Personalmanagement der Bundeswehr ein. Und schwuppdiwupp bist Du Oberfeldärztin.

Über Ostern fährst Du mit Ludwig Ski in Alp d'huez. Du bist seit vielen Jahren mindestens einmal pro Jahr in den französischen Alpen. Die hochalpine Lage von Alp d'huez garantiert schneebedeckte Pisten. Du bist eine sehr gute Skifahrerin. Du bist sehr froh, dass Ludwig als Nordlicht auch ganz passabel Skifahren kann.

Wie immer cremst Du Dich nicht konsequent ein. Deine Nase pellt sich, das darf Nina nicht erfahren. Nina hat in der Tat zwei Wochen nach Dir ihre Facharztprüfung bestanden. Ihr beide habt dies dann gleich am folgenden Wochenende in Berlin gebührend gefeiert mit eurer Trias Torbar, Poveracci und Macke Prinz. Man muss die Feste feiern, wie sie fallen.

Und jetzt – es ist Mitte Juni – steht euer Umzug nach Berlin an. Ludwig ist seit Anfang des Jahres fast ausschließlich unter der Woche dienstlich in Berlin und jetzt hat er die Möglichkeit, in Berlin noch mehr Verantwortung zu übernehmen in der Sozietät. Und Du hast Deinen ehemaligen Chef in Berlin angerufen. Jörn macht sich für Dich stark, dass Du bei ihm als Oberärztin arbeiten kannst. Er fordert Dich an, Du wirst versetzt, so läuft das bei der Bundeswehr. Du vermisst Deine Kameraden in Hamburg schon jetzt. Und Du wirst auch die Stadt Hamburg, die Du wirklich liebgewonnen hast, vermissen. Aber: Du gehst mit Deinem Ludwig nach Berlin. Berlin ist klasse, Du kennst die Stadt gut und Deine Nina ist da. Deine Nina ist da? Vor zwei Wochen hat sie Dich angerufen und Dir gesagt, dass sie zurück nach München zieht. Eine wirkliche Tragödie. Sie hat die Möglichkeit, in der ästhetischen Dermatologie in einer Praxis in Bogenhausen zu arbeiten. Das möchte sie zumindest für eine Zeit machen, um Erfahrung zu sammeln. Alles verständlich, aber Du bist doch etwas traurig. Ihr werdet euch aber weiterhin regelmäßig sehen, dafür sorgt ihr schon.

Es ist Spätsommer, ihr wohnt jetzt seit knapp drei Monaten am Savignyplatz in Charlottenburg. Ihr habt eine großartige Wohnung, drei große Zimmer (Schlafzimmer, Wohnzimmer, Büro/Gästezimmer, perspektivisch Kinderzimmer?), erste Etage, Altbau, Parkett, Stuck. Du hast Dich als Oberärztin in der Scharnhorststraße etabliert, Du bist Leiterin einer großen Studie zum Thema posttraumatische Belastungsstörung und Du hast nette Kameraden. Ihr unternehmt auch manchmal unter der Woche abends etwas zusammen.

Im November verbringst Du mit Ludwig traumhafte zehn Tage auf den Malediven. Lange schlafen, den ganzen Tag am Strand sein, lesen, schwimmen gehen, abends schön essen. Du vergisst an einem Abend, die Pille zu nehmen, merkst es erst am Folgeabend. Du sagst nichts, ihr schlaft jeden Tag miteinander. Wenn Du schwanger würdest? Wunderbar, denkst Du Dir.

Es ist Weihnachten, Du bist in Bayern bei Deiner Familie. Nina ist auch da. Ludwig kommt morgen. Schwanger bist Du nicht.

Einunddreißig

Berlin, Juni 2028

Du suchst Deinen Impfausweis und kannst ihn einfach nicht finden. Du brauchst eine Tetanus- und Diphtherie-Auffrischung und die möchtest Du Dir natürlich ordnungsgemäß in Dein Bw-Impfbuch, so heißt das Dokument offiziell, eintragen lassen. Ihr habt zu Hause in eurem Büro – das Zimmer dient euch auch als Gästezimmer – einen gemeinsamen Schreibtisch, und da schaust Du jetzt in die Seitenschubladen. Und du findest in der untersten Schublade, versteckt unter anderen Dokumenten, einen Brief der Familienkasse Berlin-Brandenburg an Ludwig, aber nicht an eure gemeinsame Adresse am Savignyplatz gerichtet, sondern an eine Adresse am Prenzlauer Berg, Thomas-Mann-Straße. Bewilligung Kindergeld, Tochter Anna, neun Monate alt. Du merkst gerade noch rechtzeitig, wie sich Dein Magen umdreht, du rennst zur Toilette und übergibst Dich. Neun Monate + neun Monate = achtzehn Monate = Adventszeit 2026. Ihr seid glücklich in Hamburg, Du bereitest Dich auf Deine Facharztprüfung vor und dieses Arschloch von Ludwig schwängert eine Frau in Berlin. Schwängern ist die eine Sache, schlimm genug, aber jetzt passt alles zusammen. Die vielen Dienstreisen nach Berlin, dass er mal mit noch feuchten Haaren von einer Dienstreise aus Wien zurückgekommen ist. Der Arsch war bestimmt nur zwölf Kilometer entfernt bei seiner – ja was – Freundin, vielleicht Frau? Du musst nur weg, weg aus der gemeinsamen Wohnung, weg aus Ludwigs Leben, Du möchtest ihn nie mehr sehen. Du fährst auch nicht in die Thomas-Mann-Straße und schaust Dir die Trulla an. Es ist einfach nur ekelhaft. Noch nie bist Du so enttäuscht worden. Es ist Mittwochmorgen, Du hattest Bereitschaftsdienst und heute frei, Du hast noch bis morgen Abend Zeit, hier das Nötigste zu packen und zu verschwinden. Angeblich ist Ludwig in Kopenhagen, aber stimmt das? Es ist Dir scheißegal. Du rufst in der Scharnhorststraße an und nimmst für morgen einen Tag Urlaub aus persönlichen Gründen. Du kaufst Dir fünf, sechs Umzugskartons, packst Deine Kleidung und Deine Bücher rein … und rufst Deinen Kameraden Stephan an, Oberfeldarzt wie Du, ihr kennt euch seit fast zehn Jahren von verschiedenen Lehrgängen. Du erklärst ihm die Lage, und sein Gästezimmer – er wohnt in Mitte – ist Dein neues Zuhause, solange Du möchtest. Kameraden sind großartig, zumindest die meisten.

Zweiunddreißig

Berlin, September 2028

Du bist aus Mallorca zurück, die sechs Wochen haben Dir sehr gutgetan. Jetzt gehst Du mit der gesamten Abteilung essen. Du hast Dir einen Abschiedsabend im Bellucci in Charlottenburg gewünscht. Da warst Du zum Glück nie mit Ludwig. Nina kannte das Restaurant, sie war mit Roland, ihrem besten Freund, mal dort. Das hat ihr gut gefallen, so dass sie Dir vorgeschlagen hat, dort mal zusammen essen zu gehen. Das habt ihr dann auch getan.

Inspiriert von einer Begegnung mit der Schauspielerin Monica Bellucci beschloss Adriano Hess, der Besitzer des Restaurants, ihr zu Ehren das Restaurant Bellucci zu eröffnen.

Es ist einfach großartig im Bellucci. Konstant gutes Essen in locker-gediegener Atmosphäre. Und Steve McQueen schaut beim Essen zu. Und jetzt sitzt ihr dort und Dein Chef erhebt sein Glas und eröffnet den Abend. Du bist jetzt insgesamt dreizehn Jahre bei der Bundeswehr. Es war eine ganz wunderbare Zeit. Du bist Deinem Chef Jörn, zu dem Du vor anderthalb Jahren von Hamburg nach Berlin zurückgekehrt bist, unglaublich dankbar, dass er Dir zum einen die Rückkehr nach Berlin ermöglicht hat und zum anderen Deinen Entschluss, die Bundeswehr zu verlassen und in Tübingen an Deinem Traum zu arbeiten, gutheißt. Natürlich war er anfangs enttäuscht, als Du ihm von Deinem Vorhaben berichtet hast. Sieh' es als Kompliment, meine liebe Amelie: Man verliert ungern gute und loyale Mitarbeiter.

Als Du an dem Abend das Bellucci verlässt, ist es bereits nach Mitternacht. Du nimmst einen Uber in die Augustenstraße und schläfst zu Hause sofort ein. Bald ist Tübingen Dein neues Zuhause. Denn in der nächsten Woche kommt der Umzugswagen.

Dreiunddreißig

Tübingen Mitte Mai 2029,
Vorbereitung Sabbatical/Toscana

*„Im wunderschönen Monat Mai, Als alle Knospen
sprangen, Da ist in meinem Herzen
Die Liebe aufgegangen.
Im wunderschönen Monat Mai, Als alle Vögel sangen,
Da hab ich ihr gestanden
Mein Sehnen und Verlangen."*
(Heinrich Heine)

Das Sommersemester läuft seit vier Wochen. Das Wetter ist freundlich, meine Mitarbeitenden haben gute Laune. Aber die beste Laune habe ich.

Denn ich habe eine Freundin. So richtig. Ich habe Dich, meine liebe Amelie. Ob Du weißt, was Du da tust, habe ich Dich gefragt, als wir am letzten Samstag bis mittags im Bett lagen. Was ich jetzt gleich tue, weiß ich ganz genau, sagst Du – Dein Kopf ruht auf meiner Brust – und grinst mich an.

Später, am Nachmittag – wir waren vorher natürlich auf dem Markt – spreche ich das Thema nochmal an. Und Du sagst mir etwas so Liebenswürdiges, dass ich vor Rührung zu weinen beginne. Ich bin manchmal nah am Wasser gebaut. Du nimmst mich in den Arm und sagst mir, dass Du mich liebst. Und ich liebe Dich, meine liebe Amelie.

Am frühen Abend waren wir dann im „Kino Atelier“: Anatomie eines Falls. Ein großartiger Film mit Sandra Hüller, ich wollte ihn unbedingt nochmal schauen. Oscarreife Leistung von ihr. Wenn vor fünf Jahren nur nicht auch Emma Stone mit „Poor Things“ ins Rennen gegangen wäre. Ihr Filmsohn spielt ebenfalls überragend. Was ist aus ihm wohl geworden?

Seit Du mir vor vier Wochen gesagt hast, dass Du mich in die Toskana begleitest, könnte ich Bäume ausreißen. Ich male mir aus, wie wir dort im Schatten auf der Terrasse sitzen, Du an Deinem MacBook, ich an meinem Windows-Laptop, Du wertest Studien aus und schreibst an zwei wissenschaftlichen Aufsätzen, ich schreibe an meinem Seneca-Buch, das ich schon seit Jahren im Kopf habe. Grundlage sind zwei Vorträge von mir, aus einem ist bereits eine wissenschaftliche Veröffentlichung entstanden, aus beiden eine Masterarbeit, genug Stoff ist also vorhanden.

Ich gehe kurz ins Haus und hole uns eine neue Karaffe Wasser, schneide ein bisschen Obst ...

Wenn es halb so schön wird wie in meinem Tagtraum, dann wird es wunderschön.

Bis zur Toskana-Reise sind es noch acht Wochen. Ich muss vorher nochmal zur Hausärztin, ich benötige ja meine Medikamentenration für drei Monate. Und ich werde beim Zahnarzt vorbeischauen. Zu anderen Ärzten muss ich nicht, beschließe ich. Ich nehme ja meine Ärztin mit auf Reisen.

Nach dem Rechten in meiner Wohnung schaut meine Nachbarin unter mir, eine Gymnasiallehrerin für Englisch und Latein kurz vor der Pensionierung, die allein durchs Leben geht. Seit einiger Zeit hat sie einen Schlüssel zu meiner Wohnung, ich gebe ihr regelmäßig meine mehr oder weniger durchgearbeiteten ZEIT-Ausgaben, im Sommer darf sie sie dann vor mir lesen. Das ist doch was, oder?

Ich lasse das Abo durchlaufen und werde die Ausgaben in der Toskana dann online lesen. So fortschrittlich bin ich mittlerweile auch. Für mich ist Zeitunglesen aber deutlich mehr als Informationsaufnahme. Es ist Optik, Akustik, Ritual. Es muss rascheln, knittern, fleddern. Auf dem Sofa, im Bett. Als Kind sah ich an italienischen Stränden oft ältere Herren barfuß im Meer stehen mit aufgeschlagener Zeitung in den Händen, nicht selten die rosafarbene „Gazzetta dello Sport".

In der nächsten Woche bist Du von Mittwoch bis Freitag in Hamburg auf einem Kongress. Du freust Dich schon sehr, und ich freue mich für Dich mit. Natürlich ist die Veranstaltung fachlich interessant, Du kannst Dich mit Deinen Kolleginnen und Kollegen austauschen. Aber Du kannst Dich auch mit Heinrich treffen, der Dir über die Jahre wirklich ein väterlicher Freund geworden ist. Du hattest ihm am Telefon vor einigen Wochen von mir erzählt, und jetzt möchte er natürlich ALLES wissen.

Meinem Nacken geht es nach zehn Einheiten Physiotherapie zum Glück deutlich besser. Oder liegt es an der guten Pflege durch Dich, meine liebe Amelie?

Ich freue mich auf jeden Fall, dass diese elenden Missempfindungen in den Fingern fast komplett verschwunden sind.

Vierunddreißig

Split/Kroatien, Ende Mai 2029

Ich stehe zusammen mit meinem Vater vor dem beeindruckenden Diokletianpalast in der Altstadt von Split. Wir lassen die Stimmung auf uns wirken. Die warme Mittelmeersonne taucht die antiken Mauern in goldenes Licht.

Der römische Kaiser Diokletian, der um 300 n. Chr. das Römische Reich zusammen mit Kaiser Maximilian und zwei weiteren Kaisern regierte, stammte aus Dioclea, einem Ort in der Nähe der großen römischen Siedlung Salona (Solin) ungefähr achteinhalb Kilometer nordöstlich vom Palast des Diokletian entfernt. Die Siedlung werden wir uns morgen anschauen.

Etwa um 295 n. Chr. ließ der Kaiser den Palast in der rekordverdächtigen Zeit von nur zehn Jahren erbauen. 305 trat der Kaiser zusammen mit seinem „Mitkaiser" Maximilian freiwillig zurück und verbrachte seinen Lebensabend bis zu seinem Tod in der prunkvollen Palastanlage, die erstaunlich gut erhalten ist.

Ich stelle mir vor, wie die Römer hier einst durch die Straßen flanierten, sich in den Thermen entspannten oder in den prächtigen Salons des Palastes versammelten, um politische Debatten zu führen. Es ist die Mischung aus antiker Pracht und modernem Leben mit gemütlichen

Cafés, kleinen Geschäften und lebhaften Straßenkünstlern, die Split diese einzigartige Atmosphäre verleiht.

Diese Tage mit meinem Vater sind sehr wertvoll für mich. Wir ziehen tagsüber ein recht strammes Besichtigungsprogramm durch, abends entspannen wir dann bei einem frühen Abendessen und gehen auch relativ früh schlafen.

Ich bin vorgestern mit der Bahn ins Ruhrgebiet gefahren. Und gestern sind wir dann gemeinsam von Düsseldorf die knapp zwei Stunden nach Split geflogen.

Seit mein Vater achtzig geworden ist, ein Jahr nach dem Tod meiner Mutter, haben wir die Tradition gestartet. Jedes Jahr im Mai machen wir eine Städtereise, wir bewegen uns auf den Spuren der Römer. Gestartet sind wir in Rom, waren in Trier, in Cambridge/St. Alban und Colchester, dann in Istanbul und Izmir, in Andalusien und in Karthago. Letzteres ist zehn Kilometer von Tunis entfernt, für viele übrigens eine neue Erkenntnis.

Und dieses Jahr wandeln wir auf den Spuren von Diokletian.

Jetzt sitzen wir in einem schönen Restaurant, nur einen Katzensprung von unserem „Jupiter Luxury Hotel" (bescheidener Name für ein wirklich großartiges Hotel) entfernt.

Und ich komme auf Dich zu sprechen, meine liebe Amelie. Ich erzähle, wie wir uns kennengelernt haben. Und ich erzähle, dass wir uns küssen. Und ich erzähle, dass wir zusammen sind, Du meine Freundin bist. Und dass ich Dich sehr, sehr liebhabe. Und ich erzähle meinem Vater, wie alt Du bist. Er lächelt, erhebt sein Glas und sagt: „Auf Epikur … und euch beide." Ich bin sehr erleichtert.

Fünfunddreißig

Es ist Freitag gegen achtzehn Uhr, wir sind bei mir in der Küche und bereiten einen Caprese-Salat mit Avocado vor. Sommersalate wie mein heiß geliebter Caprese-Salat mit Avocado, Tomaten, Mozzarella und Basilikum genügen mir an warmen Tagen als leichtes Hauptgericht. Und Dir schmeckt er auch gut, wie Du mir versicherst. Es hat sich in den letzten Wochen so eingespielt, dass wir uns unter der Woche zumindest einmal treffen, meist mittwochs, und dass Du dann das Wochenende von Freitag bis Montag bei mir verbringst, wenn Du keinen Dienst hast. Ich genieße das sehr. Ich habe Dich unglaublich gerne nachts bei mir (natürlich auch tagsüber), es gibt mir ein sehr schönes Gefühl der Geborgenheit.

Du trägst jetzt nur ein übergroßes T-Shirt und vielleicht einen Slip. Ich schenke Dir einen Sancerre ein und küsse Dich. Wir schnappen uns den Salat, zwei Teller, Besteck und ab geht's auf den Balkon. Die Sonne scheint; es sind bestimmt noch vierundzwanzig Grad.

Ich habe Dir eben gezeigt, wie lieb ich Dich habe. Seit dem Aufwachen heute Morgen denke ich an nichts anderes, und wir sind sofort ins Schlafzimmer abgebogen.

Was für ein Auftakt ins Wochenende. Wir haben nichts Spezielles vor in den kommenden zwei Tagen. Das ist klasse.

Wir haben genug zu essen und zu trinken im Haus. Und wir haben uns selbst. Was braucht es mehr? Ein Buch wäre vielleicht gut zwischendurch. Aber daran mangelt es unseren Haushalten sicherlich nicht.

Ich schenke uns Sancerre nach und Wasser und stelle im Wohnzimmer „Klassik Radio" ein bisschen lauter, so dass wir auf dem Balkon etwas hören. Ich fasse Dich bei der Hand, wir prosten uns zu. Und lächeln beide. Ich liebe Dein Lächeln.

Im Naturpark Schönbuch gibt es an verstecktem Orte eine nur einem handverlesenen Kreis bekannte Holzbank, sie ist eigentlich den Tübinger emeritierten Ordinarien und den von ihnen akzeptierten Gästen vorbehalten. Dort weilst Du, meine liebe Amelie, gerade zusammen mit mir, wir blinzeln in die Sonne. Für irgendetwas muss eine Mitgliedschaft im Rotary-Club schließlich gut sein. Es ist Samstagnachmittag, wir haben lange geschlafen bzw. waren lange im Bett, dann schnell auf dem Jakobusmarkt. Du hast Dir gewünscht, dass wir nochmal das „Kennenlernessen" kochen, also mussten Drillinge von Georg her.

Wir wachen am Sonntagmorgen auf und machen Arbeitsteilung. Du einmal am Neckar die Straße rauf und runter, ich vor der Wohnung die Straße rauf und runter. Ich bringe Brötchen mit und Du ein verschwitztes Gesicht. Ich küsse Dich. Dann duschen wir zusammen und verziehen uns noch ein bisschen ins Schlafzimmer. Das Frühstück muss warten.

Am nächsten Wochenende bist Du in Berlin. Und Du freust Dich schon sehr, erzählst Du mir. Denn zusätzlich zu Nina und Fiete wirst Du auch Jörn treffen, Deinen ehemaligen Chef. Du hast damals bei ihm promoviert, dann Teile Deiner Facharztausbildung unter seiner Führung absolviert. Er hat wirklich bedauert, dass Du aus der Bundeswehr ausgeschieden bist; Du hast Dir die Entscheidung wahrlich auch nicht leicht gemacht. Ich verstehe das gut. Obwohl meine Bundeswehrzeit fast vierzig Jahre zurückliegt, kann ich gut verstehen, wenn Du von Deinen Kameraden und echten Freundschaften, die entstanden sind, erzählst.

Jetzt sitzt Du mit Nina in einem kleinen Café in Charlottenburg in der Mommsenstraße. Es ist Freitagnachmittag. Du hast Dich früh heute Morgen aus Tübingen auf den Weg gemacht und bist vor einer Stunde angekommen. Du übernachtest bei Fiete, er hat ein Gästezimmer und Nina ist eh immer bei ihm. Nina macht in ihrer Praxis mittwochs und freitags am Nachmittag Termine nur nach Vereinbarung, und den heutigen Nachmittag hat sie natürlich geblockt für Dich.

Ihr habt den ersten Aperol Spritz in der Hand. Auf ein schönes Wochenende, prostet ihr euch zu. Du schaust Nina an und weißt sofort, dass es ihr richtig gut geht. Sie grinst, spricht verliebt von Fiete. „Gleich wirst Du ihn kennenlernen, Amelie", sagt sie. „Er ist fantastisch. Und gut gebaut", ergänzt sie. Ihr müsst beide lachen. Und Du denkst Dir: In gewisser Weise trifft das auch auf Felix zu.

Und Nina hat recht. Fiete ist sehr charmant, gutausse-
hend, groß gewachsen, athletisch. Und auch noch beruflich erfolgreich. Bei Letzterem muss man nicht nur
in Berlin, aber dort besonders, ein bisschen aufpassen,
was die Herren der Schöpfung so alles von sich und ihrer
großartigen beruflichen Karriere behaupten.

Du kannst verstehen, warum Nina wirklich begeistert
ist. Ihr sitzt bei Fiete (und Nina) im Wohnzimmer, Fiete
ist gerade eben aus dem Büro gekommen und hat erstmal
sofort eine Flasche Rosé geöffnet ... Whispering Angel,
interessant, dass dieser Rosé wohl doch mehr als eine
Modeerscheinung ist. Gleich geht ihr zu Adnan „um die
Ecke", das ist in Berlin immer gefahrlos. Konstant sehr
gutes Essen, charmante Bedienung, immer voll, eine sehr
gute Atmosphäre. Und heute könnt ihr draußen sitzen,
es ist herrliches Wetter.

Als Du am Samstagmorgen aufwachst, ist es fast zehn
Uhr. Wann wart ihr gestern im Bett? Deutlich nach Mitternacht. Habt noch zu Hause eine weitere Flasche Rosé
geleert. Es war ein wunderbarer Abend. Deine Kopf-
schmerzen halten sich in Grenzen. Fiete war Brötchen
und Croissants kaufen, wie lieb von ihm, das Nutella-Glas
steht bereits auf dem Tisch. So muss ein Tag starten, zumindest am Wochenende.

Jörn umarmt Dich lange und fest, er lässt Dich kaum
los. Es ist so schön zu sehen, wie sehr er sich freut, Dich
zu sehen. Es ist jetzt fast neun Monate her seit Deinem
Abschiedsessen im Bellucci. Gut sieht er aus, wie immer.
Akkurates Haar, sehr höflich, ein wirklich attraktiver
Mann mit Manieren. Du erzählst ihm von Deinem Leben

in Tübingen, Deiner Freude an wissenschaftlicher Arbeit und dass Du in Tom einen fast so netten Chef hast wie damals in Berlin in der Scharnhorststraße. Jörn bringt Dich in Sachen seiner Abteilung auf den neusten Stand, Du kennst ja noch fast alle Kameradinnen und Kameraden. Ihr sitzt in einem Café in der Nähe des Rosenthaler Platzes, Jörn hatte den Ort vorgeschlagen. Das hättest Du ihm gar nicht zugetraut. Viel junges Publikum, international, die Bedienung spricht nur Englisch, aber das scheint Jörn nicht zu stören. Ihr esst Käsekuchen und trinkt Cappuccino. Du freust Dich, Jörn in guter Verfassung zu erleben. Er ist Dir schon in gewisser Weise ans Herz gewachsen, und die Bundeswehr auch, Du warst schließlich dreizehn Jahre im aktiven Dienst.

Am Samstagabend gehst Du mit Nina allein aus. Fiete ist mit seinen Jungs unterwegs. Berlin bietet in Sachen Nachtleben natürlich ein bisschen mehr als Tübingen, und ihr habt euch vorgenommen, den Abend auf der Torstraße zu verbringen. Ihr startet in der Torbar, esst dann Entrecôte im 3 minutes sur mer, geht anschließend noch in die Odessa Bar. Nina kennt natürlich den Türsteher, er lässt euch an der langen Schlange vorbei rein.

Als Du nachts etwas beschwipst in der Bleibtreustraße in Fietes Gästebett liegst, hörst Du, wie Nina und Fiete Liebe machen. Und wie. Morgen Abend bin ich wieder bei Felix, denkst Du Dir, wie schön. Du freust Dich aber sehr, dass Nina ganz offensichtlich ihren Traummann gefunden hat.

Sechsunddreißig

Toskana, August 2029

Wir sind jetzt seit fast zwei Wochen in der Nähe von Siena. Es ist einfach nur großartig. Ich habe das Landhaus mit Pool bereits im Herbst letzten Jahres über ein Vermietungsportal gefunden und reserviert. Es war immer mein Traum, mal einen gesamten Sommer in Italien zu verbringen. Irgendetwas kam aber immer dazwischen bzw. ich fand zwischendurch selbst auch Gründe, warum es nicht ging, aber dann, im Herbst letzten Jahres, hatte ich Nägel mit Köpfen gemacht und – bevor ich es mir anders überlegen konnte – mir dieses Landhaus für elf Wochen gesichert. Ich hatte geplant, hier allein zu sein und vielleicht mal Besuch von Gloria zu bekommen; dass ich allerdings hier mit Dir sein würde, meine liebe Amelie, das hätte ich mir nie träumen lassen. Erstens kannte ich Dich noch gar nicht und zweitens war dies ein Szenario außerhalb meiner doch recht blühenden Fantasie. Dich, liebe Amelie, hat der Himmel bzw. mein Rotary-Freund Tom geschickt. Ich werde Tom in mein heutiges Nachtgebet einschließen.

Die letzten beiden Wochen in Tübingen waren ziemlich trubelig. So wie jedes Mal zu Semesterende. Wir haben einen Forschungsantrag eingereicht. Ich habe mit zwei Doktoranden den Fahrplan für die Sommermonate abgesteckt. Als Zweitkorrektor habe ich ein Gutachten über eine Dissertationsschrift erstellt. Ich war beim

Zahnarzt (alles okay), habe mir bei meiner Hausärztin Rezepte für den Sommer ausstellen lassen, diese dann eingelöst („Gehen Sie auf Weltreise?") und ich habe mich sogar noch beim wöchentlichen Rotary-Mittagessen ordnungsgemäß abgemeldet für die nächsten drei Monate, so dass ich nicht unentschuldigt fehle. Tom weiß sowieso Bescheid. Ihn haben wir am letzten Wochenende vor unserer Abreise als Dankeschön zum Abendessen zu uns eingeladen.

Du, meine liebe Amelie, hast für Deine Abwesenheit eine Vertretung für Deine Rolle als Studienleiterin organisiert und dies offiziell bei der Ethikkommission angezeigt.

Und Du hast dann letztendlich doch Waltraud und Gottfried, Deine lieben Nachbarn, mit der Pflege Deiner Pflanzen während Deiner Abwesenheit betraut. Die beiden Stalker konnten ihr Glück kaum fassen. Du hast Deine Wohnung aber generalstabsmäßig vorbereitet. Viel zu sehen gibt es für die beiden eigentlich nicht. Aber eins weißt Du: Deine Wohnung ist sicher vor ungebetenen Gästen, die beiden nehmen ihre Sache ernst.

Und jetzt sitzen wir bei herrlichem Wetter auf der Terrasse unseres Landhauses im Schatten an einem rustikalen Holztisch und essen einen Bauernsalat, den ich eben zubereitet habe. Du trägst einen Badeanzug und eine Sonnenbrille, schenkst uns gerade Wasser aus einer großen Karaffe ein.

Ein typischer Tag in der Toskana, wie er sich bei uns eingependelt hat, sieht ungefähr folgendermaßen aus: Aufstehen gegen acht Uhr, Kaffee im Bett, eine Runde schwimmen gehen, duschen. Frühstück auf der Terrasse gegen neun Uhr, Abwasch.

Zwischen zehn und vierzehn Uhr konzentriertes Arbeiten (zwischendurch einmal kurz in den Pool springen), Mittagessen mit Siesta bis sechzehn Uhr, dann nochmal zwei Stunden arbeiten bis ca. achtzehn Uhr. Alle paar Tage in den Supermercato. Gemeinsam kochen, Abendessen auf der Terrasse, philosophieren, schlafen gehen.

Jetzt hat sich Gloria für nächste Woche angesagt, sie wird für vier Tage bei uns sein. Von Donnerstag bis Sonntag. Ich freue mich so sehr, dass sie kommt; und dass Du sie kennenlernst. Sie ist ein großartiges Mädchen, meine Gloria. Was heißt Mädchen? Sie ist vierundzwanzig Jahre alt, hat einen Master-Abschluss in Psychologie und ist wissenschaftliche Mitarbeiterin in der klinischen Psychologie in Heidelberg. Ich bin stolz auf sie. Und sie ist verdammt hübsch. Und Du, meine liebe Amelie, bist nur etwas mehr als zehn Jahre älter. Ich hoffe und bin sicher, ihr werdet euch gut verstehen. Ich hatte ihr in den letzten Wochen – wir telefonieren immer mindestens einmal pro Woche – erzählt, dass ich Dich kennengelernt habe. Und wie toll Du bist. Und wie glücklich ich bin. Sie freut sich sehr für mich.

Jetzt warte ich im Ankunftsbereich von Terminal 1 am Flughafen Florenz auf die Lufthansa-Maschine aus Frankfurt. Gloria hat nur Handgepäck dabei, ich sehe sie schon von Weitem. Dann sieht sie mich, erhöht das Tempo und läuft die letzten Meter, bevor wir uns in die Arme fallen. Die 75 Kilometer zu unserem Landhaus sind schnell gefahren. Es ist zum Glück wenig Verkehr.

Arschbombe in den Pool. Manche Dinge ändern sich einfach nicht. Ich liebe es. Und ich liebe Gloria.

Gloria und Du, liebe Amelie, ihr habt euch innig begrüßt und lange umarmt.

Wir sitzen auf der Terrasse im Schatten, trinken Wasser mit Eiswürfeln und einem Spritzer Zitrone. Ich bin so glücklich, meine beiden Frauen bei mir zu haben, und dann noch in solch einer entspannten Atmosphäre.

An diesem Abend gehen wir später als sonst ins Bett ... und mit höherem Alkoholpegel. Gloria ist da. Gloria grinst, als wir beide, liebe Amelie, im gleichen Schlafzimmer verschwinden.

Die Tage mit Gloria sind ganz wunderbar. Sie schläft deutlich länger als wir beide. Wir haben dann bereits morgens eine Arbeitseinheit absolviert.

Es ist Samstag, Gloria fliegt morgen Abend wieder zurück nach Frankfurt. Heute haben wir uns überlegt, ihr Siena zu zeigen. Eine halbe Stunde mit dem Auto, und schon sind wir da. Das Frühstück liegt zwar erst knapp anderthalb Stunden zurück, aber in Siena startet man mit einem Eis in der Vecchia latteria. Die Warteschlange ist beeindruckend, aber es lohnt sich. Ihr beide unterhaltet euch, lacht. Ich bin glücklich. Obwohl man – da sind wir uns zum Glück einig, liebe Amelie – Eis grundsätzlich in der Waffel isst, käme man bei den hochsommerlichen Temperaturen bei einem Eis in der Waffel kaum hinterher. Du nimmst Schokolade und Amarena, Gloria natürlich Vanille und ich ganz selbstverständlich Schokolade und Zitrone. Ich weiß, ungewöhnlich. Ich hatte aber auch

Latein- und Chemieleistungskurs als Einziger in meiner Jahrgangsstufe. Ich möchte nichts hören.

Wir genießen unser Eis und schlendern im Schatten der Dächer über die Via della Sapienza und die Via della Galluzza die knapp zehn Minuten zur Piazza del Campo, die wegen ihrer architektonischen Schönheit und ihrer besonderen „Muschelform" weltweit berühmt ist.

Ich steuere zielsicher auf die Fonte Gaia zu, das ist der Brunnen auf dem höchsten Punkt des Platzes, der Name stammt von dem ersten Mal, als das Wasser auf der Piazza del Campo floss. Der Marmorbrunnen, von Jacopo della Quercia, hat einen wichtigen künstlerischen Wert, mit einer Reihe von Statuen und Basreliefs aus den Jahren 1409 bis 1419, gilt er als eine der größten künstlerischen und skulpturalen italienischen Ausdrucksformen des 15. Jahrhunderts.

Heute steht auf dem Platz eine Kopie des Brunnens, der 1869 von Tito Sarrocchi geschaffen wurde. Die Originale aus Marmor befinden sich im Museum des Krankenhauses Santa Maria della Scala in Siena, einen Besuch möchte ich Gloria nicht zumuten, ich kenne ja meine Tochter.

Nicht ersparen kann ich Gloria allerdings die ca. vierhundert Stufen des Torre del Mangia, links vom Rathaus gelegen. Der Torre ist ein schlanker und eleganter Backsteinbau, 88 Meter hoch und mit Steinornamenten erbaut. Um die vierhundert Stufen zu erklimmen, benötigt man ein bisschen Kondition. Es ist eng, es herrscht Gegenverkehr ... ich muss auch mal die ein oder andere

Pause machen ... aber das Panorama ist wirklich sagenhaft. Wir blicken in alle Himmelsrichtungen. Vor uns liegt die muschelförmige Piazza del Campo und der Rest des Stadtzentrums. Ich kann mich nicht sattsehen. Und Du stehst neben mir in Deinem bunten Sommerkleid und bist wunderschön, meine liebe Amelie. Ich drücke Deine Hand so fest, dass es Dir eigentlich wehtun müsste.

Ich bringe Gloria am Sonntagnachmittag mit Deinem Auto zum Flughafen nach Florenz. Sie hat keine Lust, zurück nach Frankfurt zu fliegen, ihr hat es offensichtlich in der Toskana und bei uns ziemlich gut gefallen. Ich verdrücke die ein oder andere Träne, wir umarmen uns lange, dann geht Gloria durch die Sicherheitskontrolle. Zum Abschied sagt sie mir: „Papa, ich habe Dich noch nie so entspannt gesehen, Du bist einfach nur richtig glücklich." Sie muss es ja wissen, sie ist vom Fach.

Siebenunddreißig

Toskana, Ende August 2029

Es ist Ende August und tagsüber weiterhin sehr warm, aber uns könnte es nicht besser gehen. Wir sind beide zufrieden mit den Fortschritten, die wir mit unseren Arbeiten machen. Es ist einfach wunderbar, zwischendurch den Blick vom Laptop auf Dich zu richten und Dich dann zu „erwischen", wie Du mich anschaust. Ich liebe Dich, meine liebe Amelie. Wir haben mittlerweile zwei sehr schöne Restaurants in der Umgebung ausfindig gemacht, zehn Minuten mit dem Auto, in die wir regelmäßig abends einkehren, vielleicht zweimal pro Woche. Mit Gloria waren wir auch an einem Abend dort. Wer liebt die toskanische Küche nicht? Aufgrund der Tatsache, dass die Toskana sowohl am Meer liegt als auch über Wälder mit Wild und Weiden zur Tierhaltung verfügt, ist die toskanische Küche sehr vielfältig.

Seit gestern Abend ist Deine Nina da. Mir geht das Herz auf, wenn ich euch beide sehe. Ihr seid wirklich beste Freundinnen, man sieht es mit jedem Blick. So vertraut, so innig. Es ist schön, wenn man sagen kann, dass man einen besten Freund oder eine beste Freundin hat. Du hast sie gestern Nachmittag vom Flughafen abgeholt, ich habe uns in der Zwischenzeit einen italienischen Sommersalat mit Nudeln vorbereitet. Genau richtig für den Nachmittag. Das Rezept ist ganz einfach. Man braucht – klar – Nudeln, die kocht man in einem Topf mit

Salzwasser al dente. Abkühlen lassen, zur Seite stellen. Wichtig bei dem Salat sind die Pinienkerne, die man in einer kleinen Pfanne ohne Öl bei mittlerer Hitze röstet, bis sie von beiden Seiten schön gebräunt sind und kräftig duften – dabei ständig rühren. Dann lässt man die Pinienkerne in einer kleinen Schale oder auf einem Teller abkühlen (nicht in der Pfanne – Anfängerfehler – dort würden sie verbrennen und bitter werden). Dann Tomaten und Oliven in Scheiben/Stücke schneiden und in eine große Schüssel geben. Ich gebe auch noch gerne Fetawürfel hinzu. Dann Rucolasalat in die Schüssel geben und alles verrühren. Zum Schluss die abgekühlten Nudeln und Pinienkerne dazugeben. Mit Salz und Pfeffer abschmecken, fertig.

Ihr habt gestern Abend noch lange auf der Terrasse gegessen und gequatscht. Ich hatte mich schon zurückgezogen, weil ich erstens wirklich müde war und zweitens euch die Zeit geben wollte, den neusten Klatsch und Tratsch auszutauschen.

Du hast Dich dann nachts so lieb an mich gekuschelt. Es gibt nichts Schöneres.

Gestern Abend hast Du Nina erzählt, dass Du weiterhin die Pille nicht nimmst. Sie weiß natürlich, dass Du eine Pillenpause machst, aber jetzt ist die Lage ja neu. Und Du hast ihr auch erzählt, dass wir beide immer miteinander schlafen, wenn wir Lust dazu haben (und das ist oft), und nicht, wenn es „sicher" ist. Wir beide haben das nur einmal thematisiert, meine liebe Amelie. Vor Wochen, morgens im Bett. Du hast mich gefragt, ob Du jetzt eigentlich die Pille wieder nehmen müsstest. Ich habe Dich angeschaut, habe Dir durchs Haar gestreichelt und gesagt: „Na ja, wenn Du nicht Mama werden möchtest, dann nimm' sie besser."

San Gimignano, ein Ort, den man erfinden müsste, wenn es ihn nicht bereits gäbe. Wir sind heute nach dem Frühstück die knappe Stunde mit Nina hingefahren. Ich hatte San Gimignano als Ziel für einen Tagesausflug vorgeschlagen, weil ich von Dir, liebe Amelie, wusste, dass Nina schon einmal in Siena war. San Gimignano kannte sie bisher nicht. Und für Dich ist es heute auch das erste Mal in dieser wunderbaren Hügelstadt südwestlich von Florenz. Sie ist von Mauern aus dem 13. Jahrhundert umgeben und wird auch „mittelalterliches Manhattan" oder die „Stadt der Türme" genannt. San Gimignano hat nur knapp 8000 Einwohner und gehört neben Florenz, Siena und Pisa zu den meistbesuchten Zielen in der Toskana.

Jetzt stehen wir im Zentrum der Altstadt auf der Piazza della Cisterna, einem dreieckigen Platz, der von mittelalterlichen Häusern gesäumt ist. Die Skyline der Stadt wird durch mittelalterliche Türme geprägt, darunter der Steinturm Torre Grossa. Der Duomo di San Gimignano ist eine im 12. Jahrhundert erbaute Kirche, die in ihrer Santa-Fina-Kapelle mit Fresken von Ghirlandaio versehen ist.

Wir schlendern durch die Gassen, lassen die Stimmung auf uns wirken. Setzen uns dann in einem Restaurant draußen auf die Terrasse in den Schatten, bestellen eine Flasche Malvasia di Chianti und ein paar Karaffen Wasser. Dazu Oliven, Brot und später teilen wir uns einen großen Insalata Mista. Ein wunderbarer Mittag.

Ich kenne Nina erst seit zwei Tagen, mir kommt es länger vor. Das liegt auch daran, dass Du mir in den letzten Wochen immer mal wieder von ihr erzählt hast. Sie ist Dir unglaublich wichtig, und ich verstehe es voll. Du hast Dir gewünscht, dass ich am Abend für euch koche und wir uns einen entspannten Abend bei uns machen. Daher setze ich euch am Nachmittag an unserem Haus ab bzw. wir machen dort Fahrerwechsel. Du bist die bessere Fahrerin und fährst auch im Allgemeinen sehr gerne Auto, daher übernimmst Du gerne das Steuer, wie auch jetzt auf dem Rückweg von San Gimignano, was mir sehr recht ist. Ich fahre noch schnell in den Supermercato und kaufe ein paar frische Sachen fürs Abendessen.

Als ich in unserem Sommerzuhause eintreffe, finde ich euch beide bestens gelaunt im Pool vor. Dreißig Sekunden später sind wir dann zu dritt. Das lasse ich mir nicht nehmen.

Im Pool erzählt Nina von Fiete. Natürlich „kenne" ich Fiete bereits aus Erzählungen von Dir, liebe Amelie. Es ist aber so schön, Nina zuzuhören, wie sie von ihm schwärmt. Und sie erzählt die Geschichte ihres Kennenlernens. Die habe ich zwar auch bereits von Dir gehört, aber jetzt bekomme ich sie nochmal aus erster Quelle präsentiert. Und das bei 30 Grad Außentemperatur im Pool.

„Felix, du musst dir das so vorstellen. Ich gehe eines Mittags in meiner Pause auf der Bleibtreustraße in Richtung Ku'damm, und an der Querstraße Mommsenstraße ist da dieser kleine Blumenladen: Blumen Bleibtreu. Macht

Sinn vom Namen, oder? Und da sehe ich einen Mann mit einem wunderbaren Blumenstrauß aus dem Laden kommen. Mir ist erst der Blumenstrauß aufgefallen, dann der Mann, das musst du mir glauben. Da hat jemand richtig Glück, so ein unfassbar schöner Blumenstrauß, denke ich mir so. Ich muss den Blumenstrauß wohl ein bisschen zu lange angestarrt haben, auf jeden Fall sagt der Mann zu mir: Kann ich dir damit eine Freude machen? Und drückt mir den Blumenstrauß an die Brust. (Nina macht eine entsprechende Handbewegung.) Und ich sage: Und wie. Herzlichen Dank. Aber jetzt hast du keinen Blumenstrauß mehr für deine Freundin. Er hat mir dann erzählt, dass der Blumenstrauß für seine Teamassistentin sei, die heute Geburtstag habe. Er würde einfach gleich nochmal in den Laden gehen und sich exakt den gleichen Strauß binden lassen. Er sei der Fiete. Und na ja. Zwei Tage später waren wir dann mittags zum Kaffee verabredet. Und jetzt erzähle ich dir hier von ihm."

Eine herrliche Geschichte, und eine wahre Geschichte. Und wie Nina sie erzählt: einfach köstlich.

Die Lammfilets scheinen euch offensichtlich zu schmecken, worüber ich mich sehr freue. Ich habe etwas mehr als ein Kilogramm gekauft, und die sind jetzt so gut wie weg. Jetzt bringe ich noch einen Obstsalat auf die Terrasse und mehr Wein. Als wir müde und vielleicht ein bisschen beschwipst ins Bett fallen, ist es halb zwei Uhr morgens. Vor Wochen, als Du bei Nina und Fiete in Berlin warst, hast Du die beiden nachts beim Liebesspiel gehört. Nina hört nichts diese Nacht, wir schlafen sofort ein. Und überhaupt: Morgens und ausgeschlafen klappen manche Dinge besser.

Am folgenden Tag lassen wir es ruhig angehen, bleiben den ganzen Tag im Haus bzw. auf der Terrasse und im Pool. Und abends habe ich „frei", wir gehen essen. Wir lassen Ninas letzten Abend bei uns auf der Terrasse ausklingen. Was für eine schöne Zeit.

Bei der Verabschiedung am folgenden Mittag – Du fährst Nina nach Florenz zum Flughafen – umarmen Nina und ich uns lange. Nina ist eine tolle Frau und ich bin so froh, dass sie Deine beste Freundin ist.

Liebe Amelie, jetzt müssen wir die nächsten beiden Wochen aber ein bisschen ranklotzen, denn dann haben wir erneut etwas vor, das uns für einige Tage nicht zum Arbeiten kommen lassen wird.

Achtunddreißig

Rom, 9. bis 13. September 2029

Wir haben uns nämlich vorgenommen, über meinen Geburtstag nicht zu arbeiten und stattdessen fünf Tage in Rom zu verbringen. Uns geht es einfach nur gut. Bitte lass' diesen Sommer niemals enden, denke ich mir, als wir über die Piazza Navona zum Pantheon spazieren. Wir haben eine wunderschöne Wohnung in der Vicolo della Campanella gemietet. Obwohl die Wohnung über eine komplett eingerichtete Küche verfügt, haben wir beschlossen, uns in Rom bekochen zu lassen. Vielleicht koche ich einen Abend. Oder mache zumindest einen Salat für uns am Nachmittag. Oder doch nicht. Wir schauen einfach spontan.

Du kennst Rom ganz gut, meine liebe Amelie, Du warst einige Male für jeweils ein paar Tage hier, z.B. mit Deiner Mutter und mit einer Freundin. Ich kenne Rom vielleicht ein bisschen besser als Du. Schließlich ist dies auch Teil meines Berufs.

Selbstverständlich schauen wir uns das Colosseum an, das Forum Romanum und den Vatikan.

Und natürlich die Kirche Santa Maria ad Martyres. Mein geliebtes Pantheon. Für mich das schönste antike Bauwerk in Rom, es wurde zur Kirche ungeweiht. Ich kann Dir gar nicht genau sagen, was es ist, das mich so fasziniert. Das Pantheon und der Platz davor üben eine unglaubliche Magie auf mich aus.

Wir lassen uns in diesen Tagen einfach treiben. Leben in den Tag hinein, frühstücken ausführlich in unserer Wohnung und gehen dann abends essen.

Zum Beispiel im La Francescana in der Via Giovanni Pierluigi da Palestrina an meinem Geburtstag. Es ist eines meiner absoluten Lieblingsrestaurants in Rom. Fünfzehn Minuten zu Fuß von unserer Wohnung entfernt. So gut wie keine Touristen, hier essen die Römer. Die Spaghetti Carbonara sind fantastisch und preisgekrönt. Sehr guter Service, vernünftige Preise. Insgesamt fantastisches Essen ohne Schnickschnack. Und danach zu Fuß zu Giolitti in der Via degli Uffici del Vicario. Dort gibt's auch noch um kurz vor Mitternacht Eis. Und was für welches. Du nimmst selbstverständlich Schokolade und Amarena, liebe Amelie, ich nehme selbstverständlich Schokolade und Zitrone.

Abends liegen wir glücklich im Bett und kuscheln. Am Ende der fünf Tage haben wir kein einziges Mal gekocht. Alles richtig gemacht, denke ich mir auf der Rückfahrt in die Toskana.

Drei Wochen bleiben uns noch in unserem Haus, bevor uns der Alltag wiederhat.

Neununddreißig

Die Rückfahrt nach Tübingen verläuft problemlos. Wir wechseln uns mit dem Fahren ab. Dabei hatten wir keine Lust, die Heimreise überhaupt anzutreten. Einen Sommer in der Toskana zu verbringen, ist einfach traumhaft. Aber es nützt ja alles nichts. Ab nach Hause. Wir brauchen inklusive zweier ausführlicher Pausen elf Stunden für die ca. 850 Kilometer. Wir finden unsere beiden Wohnungen in bester Ordnung vor, es könnte ein bisschen gelüftet werden. Jetzt ist es Donnerstagabend, wir packen gar nicht groß aus, sondern essen erstmal Maultaschen im Bären. Denn Maultaschen haben wir in den letzten drei Monaten naturgemäß nicht gegessen.

Am nächsten Tag, einem Freitag, waschen wir Wäsche, machen einen Lebensmittel-Grundeinkauf und lassen es ansonsten gemächlich angehen. Wir trinken am Nachmittag ein Gläschen Sancerre oder zwei und essen Spaghetti Bolognese. Du erklärst mir, dass wir die italienische Lebensart nicht abrupt absetzen dürfen, sondern besser langsam wieder auf unser gewohntes Tübinger Niveau bringen sollten.

Wir hatten eine wunderschöne Zeit in der Toskana, es war fast zu harmonisch, wir haben uns nicht ein einziges Mal gestritten, eigentlich geht das nicht. Du, liebe Amelie, bist eine so wunderbare, liebenswerte Person, ich bin

Dir unglaublich dankbar. Dankbar dafür, dass Du mich in die Toskana begleitet hast. Dankbar, dass Du es mit mir ausgehalten hast. Dankbar, dass Du meine immer mal aufkommenden Zweifel, ob ich alter Sack der richtige Partner für Dich bin, liebevoll zerstreut hast.

Und wir waren richtig produktiv in der Toskana. Du hast die von Tom mit einem Augenzwinkern geforderten zwei wissenschaftlichen Arbeiten nicht nur geschrieben, sondern ihm am Ende unseres Toskana-Aufenthalts bereits per E-Mail zugeschickt. Und ich bin mit meiner Seneca-Biografie deutlich weiter gekommen, als ich es mir vorgenommen hatte. Sie ist fast fertig, ich benötige lediglich noch die Zuarbeit eines meiner Doktoranden bzgl. eines Kapitels.

Du bist gut erholt und voller Energie, zudem hoch motiviert, in die klinische Arbeit eingestiegen, hast die Leitung der Studie wieder übernommen und arbeitest an Deinen nächsten beiden wissenschaftlichen Arbeiten.

Es ist Mitte Oktober, das Semester ist gestartet, auch ich gehe mit frischem Elan ins Seminar. Ich habe mir vorgenommen, das Buch bis Weihnachten fertigzustellen. Termine mit meinen beiden Doktoranden sind bereits vereinbart.

Es ist jetzt Mittwochabend, der 17. Oktober, Du kommst vom Dienst. Du bist seit unserer Rückkehr aus der Toskana so gut wie gar nicht mehr in Deiner Wohnung gewesen, schläfst jetzt fast immer bei mir. Du sagst: „Felix, setz' Dich mal hin. Ich habe ein Geschenk für Dich." Und du gibst mir eine Geschenkbox. In der Geschenkbox sind kleine, eingerollte Blätter Papier, die von Schleifen zusammengehalten werden. Du hast sie nummeriert. Ich zähle fünf Rollen mit Schleife und zusätzlich ein kleines Päckchen, eingepackt in Geschenkpapier und mit der Nummer sechs versehen.

Ich soll sie jetzt in der richtigen Reihenfolge öffnen. Ich hole uns einen Sancerre, aber Du sagst: „Erst die Päckchen öffnen."

Also öffne ich: „Du" „wirst" „ein" „großartiger" „Papa", und in Päckchen Nummer sechs ist der positive Schwangerschaftstest. Ich kann erstmal gar nichts sagen, bin fassungslos vor Glück und dann kommen Wasserfälle aus meinen Augen. Ich sitze auf einem Stuhl im Wohnzimmer, Du umarmst mich im Stehen von hinten, küsst mir die Tränen weg und sagst mir, dass Du mich liebst. Und ich liebe Dich, meine liebe Amelie, und zwar ganz, ganz doll. Und unser Baby liebe ich erst recht. Das Glas Sancerre trinke ich allein.

Ich schlafe nicht gut in dieser Nacht. Aber ich bin sehr, sehr glücklich.

Vierzig

Tübingen, Adventszeit 2029

Die letzten Wochen waren ziemlich aufregend ... und wunderschön.

Ich weiß, dass die ersten zwölf Wochen der Schwangerschaft entscheidend sind. Und wir haben es geschafft, Du bist jetzt in der dreizehnten Woche, meine liebe Amelie, und es ist alles in Ordnung. Das Fehlgeburtsrisiko ist nur noch gering, erklärt uns der Gynäkologe. Gleichzeitig lassen viele Beschwerden wie Übelkeit und Brustspannen nach. Die Übelkeit am Morgen hat Dir ein bisschen zu schaffen gemacht, aber richtig schlimm war es nicht, sagst Du.

Wir haben heute Mittag im Ultraschall unser Baby am Daumen nuckelnd gesehen. Wir konnten auch Nase und Stirn erkennen. Ich musste gleich wieder weinen. Der Gynäkologe hat uns erklärt, dass am Ende der zwölften Woche sämtliche Körperstrukturen aufgebaut sind und dass unser Baby ca. sechs Zentimeter groß und etwa vierzehn Gramm schwer ist.

Jetzt heißt es: wachsen, wachsen, wachsen.

Wir stehen in unserer Küche und bereiten das Abendessen vor. Wir machen einen Tabouleh-Salat. Ich liebe Tabouleh. Viel Petersilie (ich kaufe grundsätzlich die glatte, sie schmeckt intensiver als die krause), einen Hauch Minze, eine kleine Gemüsezwiebel, reife Tomaten und Bulgur. Du machst das Dressing aus Zitronensaft, Olivenöl, Salz, Pfeffer und – mir zuliebe – ein bisschen Zimt.

Alles serviert in kleinen Salatblättern. Wasser, zwei Teller, ab ins Wohnzimmer. Seitdem wir wissen, dass wir Eltern werden, lasse auch ich den Alkohol weg. Das ist Ehrensache. Und ich habe den Eindruck, es tut mir gut.

Wir besprechen, dass Du Deine Schwangerschaft jetzt auch „offiziell" bekannt gibst, d. h. auch Deinen Arbeitgeber, also Tom, informierst. Fünf Minuten nach positivem Schwangerschaftstest wusste natürlich Nina Bescheid. Und Deine Mama kurz danach. Wenn es Dir im Verlauf der Schwangerschaft gut geht, spricht nichts dagegen, weiterzuarbeiten. Du bist ja in keinem operativen Fach tätig.

Wir gehen früh zu Bett und kuscheln. Wir können nicht genug voneinander bekommen. Und schlafen dann ein.

Einundvierzig

Ein paar Tage später liegen wir im Bett, liebe Amelie, Du schläfst friedlich neben mir. Ich finde nicht in den Schlaf, da ich zu viele Gedanken im Kopf habe. Eigentlich sollte man mit sechzig Jahren die meisten Überraschungen des Lebens bereits erlebt haben, oder? Ich kann eine solide wissenschaftliche Karriere vorweisen, habe mit Gloria eine ganz wunderbare Tochter, ich bin gesundheitlich gut dabei und habe gelernt, eine gewisse Einsamkeit als Begleiter zu akzeptieren.

Doch das Schicksal hat offensichtlich andere Pläne für mich. Dich, meine liebe Amelie, hat der Himmel geschickt. Ich bin überglücklich, dass wir uns haben. Und ich freue mich unglaublich, dass ich nochmal Vater werde. Natürlich mischen sich in die Freude über die bevorstehende Vaterschaft auch Sorgen und Ängste. Bin ich mit sechzig Jahren in der Lage, einem Kind gerecht zu werden? Werde ich die Energie haben, die Nächte durchzuwachen, wenn unser Baby weint, und kann ich ihm bei den ersten Schritten zur Seite zu stehen? Auf der anderen Seite habe ich die einzigartige Chance, Wissen und Erfahrung, die ich im Laufe der Jahre gesammelt habe, mit einem neuen Leben teilen zu können. Das ist ein großes Geschenk.

Mit Dir an meiner Seite, liebe Amelie, fühle ich mich jünger und energischer. Deine Begeisterung ist ansteckend und gibt mir das Gefühl, dass alles möglich ist. Natürlich werden da auch die Blicke und Kommentare von Außenstehenden kommen. Muss man in dem Alter nochmal Vater werden, was tut man seinem Kind an?

Mir ist allerdings die Meinung anderer mit wenigen Ausnahmen über die Jahrzehnte ziemlich egal geworden. Ich merke, wie meine Vorfreude steigt, und stelle mir vor, wie wir unserem Kind Geschichten vorlesen werden, zusammen lachen und spielen werden.

Ich fühle eine tiefe Dankbarkeit, ich bin dankbar für die zweite Chance auf Liebe und Familie, die mir das Leben geschenkt hat. Und ich bin fest entschlossen, diese Chance zu nutzen.

Irgendwann muss ich dann doch eingeschlafen sein.

Zweiundvierzig

Weihnachten 2029

Ich bin vor zwei Tagen mit dem Zug ins Ruhrgebiet gefahren. Es fiel mir sehr schwer, mich von Dir, liebe Amelie, und unserem Baby zu trennen. Wie sehen uns aber
zwischen den Jahren am Haus am See. Du hast mich
eingeladen.

Mein Vater ist mit 86 Jahren weiterhin gesundheitlich
erstaunlich gut zurecht, ich bin wirklich dankbar. Wir verbringen den Heiligen Abend zusammen, fahren morgens
zum Friedhof, essen dann Kartoffelsalat mit Bockwurst,
nachmittags ein Stück Donauwelle, und unterhalten uns
den Rest des Tages. Abends gibt's traditionell nur Butter-
brote, man hat ja normalerweise keine Zeit zu kochen, es
galt jedes Jahr, möglichst viele Geschenke auszupacken.
Dieses Jahr habe ich EIN Geschenk dabei. Einen Briefumschlag. Mit einem Ultraschallbild. „Papa, Du wirst
nochmal Opa." Mein Vater freut sich, ich merke es ihm
an, er kann es nicht so zeigen. Er steht auf, umarmt mich
und sagt: „Junge, was Du in Deinem Alter noch alles
kannst. Respekt." Wir weinen beide. Wenn das unsere
Mutter noch miterleben könnte.

Am ersten Weihnachtstag gehen wir mittags wie immer
in „unser" Restaurant, essen Wiener Schnitzel mit Kartoffelsalat. Nachmittags besuchen wir Tante Irmgard im
Pflegeheim und abends kommen Gloria und Jasper vorbei.

Wir beide haben Gloria erst die Woche zuvor in Tübingen gesehen. Ich wollte, dass Gloria es aus meiner Familie zuerst erfährt, und habe sie gebeten, am dritten Adventssamstag zu Kaffee und Kuchen vorbeizukommen. Sie freut sich unglaublich, dass sie ein Geschwisterchen bekommt.

Und dann sagst Du, was wir seit dem Vortag wissen: „Es wird ein Mädchen."

Es wird ein Mädchen, meine liebe Amelie.

Ich liebe Dich.

Der Autor

Felix Ganten ist Arzt, Mitte Fünfzig und lebt in München. Neben seiner medizinischen Laufbahn ist er begeisterter Reisender und hat ein Faible für Literatur. Seine Liebe zur Sprache und zum Erzählen brachte ihn dazu, selbst literarisch aktiv zu werden. Mit seiner ersten Erzählung „Amelie" wagt er nun den Schritt in die Öffentlichkeit und präsentiert ein Werk, das Einblicke in seine feinfühlige Beobachtungsgabe und seinen Blick für das Zwischenmenschliche gewährt.